Um crime bárbaro

Ieda Magri

Um crime bárbaro

autêntica contemporânea

Copyright © 2022 Ieda Magri

Todos os direitos reservados pela Autêntica Editora Ltda. Nenhuma parte desta publicação poderá ser reproduzida, seja por meios mecânicos, eletrônicos, seja via cópia xerográfica, sem a autorização prévia da Editora.

EDITORA RESPONSÁVEL
Ana Elisa Ribeiro

EDITORA ASSISTENTE
Rafaela Lamas

PREPARAÇÃO DE TEXTO
Sonia Junqueira

REVISÃO
Marina Guedes

CAPA
Diogo Droschi
(sobre imagens de Ulla Shinami/UnSplash e Keli Magri)

DIAGRAMAÇÃO
Guilherme Fagundes
Waldênia Alvarenga

Dados Internacionais de Catalogação na Publicação (CIP)
(Câmara Brasileira do Livro, SP, Brasil)

Magri, Ieda
   Um crime bárbaro / Ieda Magri. -- Belo Horizonte : Autêntica Contemporânea, 2022.

   ISBN 978-65-5928-166-4

   1. Ficção brasileira I. Título.

22-107108   CDD-B869.3

Índices para catálogo sistemático:
1. Ficção : Literatura brasileira B869.3

Eliete Marques da Silva - Bibliotecária - CRB-8/9380

A **AUTÊNTICA CONTEMPORÂNEA** É UMA EDITORA DO **GRUPO AUTÊNTICA**

Belo Horizonte
Rua Carlos Turner, 420
Silveira . 31140-520
Belo Horizonte . MG
Tel.: (55 31) 3465 4500

São Paulo
Av. Paulista, 2.073 . Conjunto Nacional
Horsa I . Sala 309 . Cerqueira César
01311-940 . São Paulo . SP
Tel.: (55 11) 3034 4468

www.grupoautentica.com.br
SAC: atendimentoleitor@grupoautentica.com.br

Sabia pouco, mas pelo menos sabia isto:
que ninguém fala pelos outros.
Que, mesmo que queiramos contar histórias alheias,
terminamos sempre contando nossa própria história.

(Alejandro Zambra, *Formas de voltar para casa*)

Para meus pais.
Para Felipe Charbel.

Prólogo

Maria Tommasino não pôde esquecer as palavras de sua mãe, ditas em voz muito baixa ao seu pai, dentro do carro, numa manhã de sábado, depois de ver um policial brandir um facão sujo de sangue. Iam no Fusca vermelho 1976, os pais, muito sérios, e os filhos, brincando no banco de trás, por uma estrada de terra cercada de potreiros, animais e árvores, depois de longos trechos de plantação de milho ou de feijão ou de soja, quando a polícia parou o carro e todos desceram.

Não se sabe explicar por que deixariam duas crianças tão pequenas – Maria tinha quatro anos e seu irmão, dois – olhar uma cena de crime. Quando saiu do carro e viu os pais se afastando em direção à enorme árvore depois do barranco, ela não sabia que se tratava de uma cena de crime. Na verdade, não se tratava exatamente da cena de um crime, como ficou sabendo depois, mas do lugar onde o criminoso – ou os criminosos? – havia enterrado a arma: um enorme facão sujo de sangue e algumas partes do corpo de uma menina de treze anos.

O que chocou os policiais não foi o assassinato em si, mas, se Maria tinha entendido bem, a peculiaridade do crime. O assassino – ou os assassinos? – havia cortado algumas partes do corpo e enterrado em pontos diferentes, sob a árvore: os cabelos, os dentes da frente, as pontas dos dedos da menina morta. Maria ouvia os policiais contando isso tudo a seus pais e imaginava a cena. Os pais e os policiais só se deram conta de que as crianças estavam ouvindo quando Maria cometeu a imprudência de perguntar:

– Viva ou morta? Eles cortaram a menininha viva?

Maria devia estar imaginando se seria parecido ou diferente de quando se cortava o pescoço das galinhas e elas continuavam caminhando sem cabeça. A mãe rapidamente respondeu que ela já estava morta, e um dos policiais confirmou, acrescentando que a pobre criança não devia ter sofrido nada. Maria queria cavar, encontrar as partes e refazer o corpo, mas a mãe já a empurrava para o banco de trás do Fusca, com a mão enorme sobre sua cabeça, que não obedecia, porque Maria tentava manter os olhos na direção da árvore. O pai estava com seu irmão no colo, querendo ir logo embora dali. Seu pai, que nunca teve pressa, que só sabia andar devagar, sempre na mesma lentidão, não importava a gravidade da situação, embora fosse difícil acompanhá-lo por causa das pernas compridas. Ele colocou seu irmão no banco de trás pelo lado dele do carro, entrou e acenou aos policiais, seguindo o caminho para a casa dos avós, os pais da mãe.

O irmão brincava com um carrinho, não tinha entendido nada. Como sabia que não dariam nenhuma resposta às suas perguntas, Maria fingia que já tinha esquecido tudo e propunha ao irmão contar as vacas que pastavam nos potreiros pelos quais passavam. Foi então que a mãe disse a frase:

– Não me admira se ele não mandou fazer alguma coisa.

A dupla negação, modo típico de falar daquela família, era uma forte afirmação. Queria dizer "Foi ele! Foi ele!".

– Mas será? – perguntou seu pai.

– Pra assustar, não digo matar. – Era a voz da mãe.

– Capaz?! – disse o pai, ainda incrédulo.

E ficaram em silêncio o resto do caminho. Maria Tommasino fingia contar as vacas, mas pensava que devia haver um jeito de juntar os pedaços da menina e devolvê-la aos pais, mais ou menos como na história de Fra Egídio, que ouviu, anos depois, um escritor contar.

Fra Egídio era especialista em fazer reviver animais mortos. Um dia, fez reviver uma vaca, que pertencia ao seu monastério. A vaca tinha sido roubada por um açougueiro, sacrificada e cortada em pedaços para ser vendida no açougue. O santo descobriu onde estava a vaca, ordenou que se juntassem os pedaços no chão em forma de uma vaca viva, com as entranhas, a cabeça, as pernas e tudo em suas posições naturais e, fazendo o sinal da cruz sobre o animal morto, colocando toda a sua fé, lhe disse: "Em nome de Deus e de São Pascoal, levanta, Catarina!". Catarina era o nome da vaca. Ao ouvir essas palavras, a vaca se colocou em pé e se sacudiu. Vivia, inteira e forte como estava antes de sua morte.

Antes de ouvir esse relato, Maria Tommasino imaginava, sem poderes de santa, que era possível fazer isso com a menina morta, mais ou menos como vivia fazendo com suas bonecas. Talvez por isso o destino da morta não tenha lhe parecido tão grave, tão irreversível. Quando saíram os quatro do Fusca vermelho e ela viu o avô e a avó se aproximando para pegá-los no colo, só pensou que devia descobrir os segredos do avô. "Não me admira se ele não mandou fazer alguma coisa." Foi tranquila para o colo, mas absolutamente tudo naquele velhinho magro – o cheiro de cigarro de palha, a risada alta, os bigodões, as calças fortemente seguras por um cinto – agora lhe parecia interessante. Quanto aos tios, não teriam a mesma sorte. Por eles, ela foi curtindo uma desconfiança silenciosa, reiterada até a vida adulta.

Durante todo o dia, prestou atenção no que os adultos diziam, buscando aqui e ali, antes de ser retirada da conversa por uma das tias, a avó ou a mãe, atentas à sua curiosidade, alguma migalha que lhe permitisse reconstituir a cena. A verdade é que o avô de Maria Tommasino não tinha nada a ver com a história. A frase da mãe tinha em mira outra pessoa, de quem Maria foi ter notícias muito mais tarde. Seu avô era padrinho da menina Soeli Volcato, treze anos, morta ao voltar da escola, sufocada com uma corda e mutilada a uns vinte metros da estrada, nas terras dos Tommasino. As terras das duas famílias faziam divisa, e todos os dias a menina voltava a pé da escola e passava pelo pátio do avô de Maria em direção a sua casa.

Como era uma criança bonita, e como havia o costume dos desfiles nas festas do interior, na semana de seu assassinato Soeli estava ensaiando para o desfile da "boneca viva" depois das aulas. As meninas mais bonitas de cada localidade desfilavam na festa municipal, que seria dali a algumas semanas, no início da primavera. O que quer dizer que quase todos os dias depois das aulas, em todas aquelas comunidades do interior, havia uma linda menina ensaiando passos de boneca viva. Soeli foi a boneca morta daquele ano, 1981.

Terá sido por isso que Maria Tommasino imaginou a reconstituição do seu corpinho em analogia aos de suas bonecas? Terá sido por isso que seus assassinos não apenas a enforcaram, mas cortaram as pontas de seus dedos, os cabelos, e quebraram-lhe os dentes?

A polícia seguiu a pista de dois suspeitos. O primeiro, Luiz Godói, que comprou uma corda no dia do assassinato, ou um pouco antes, e tinha o agravante de ter pronunciado a palavra "vingança" no momento da compra. No domingo anterior, teria ido com a família à festa da comunidade de Simões Lopes e sido impedido pelos pais de Soeli de comprar fiado o almoço da família. Os pais da menina eram membros da diretoria da comunidade, organizadores da festa.

Se na primeira fantasia da garotinha Maria Tommasino seu avô era o coronel que havia mandado matar uma menininha porque ela não tinha se comportado bem, na segunda versão, já tardia, aparecia um homem pobre, sua mulher e três filhos, humilhados, indo embora da festa, impedidos de comer. Então, não seria de espantar que tivesse falado em vingança ao comprar a corda: afinal, é uma humilhação imensa ter suspensa a lei do fiado numa comunidade do interior, onde é comum viver hoje do que se ganhará amanhã. Palavra vale, ou pelo menos valia, na época, e as pessoas costumavam honrar suas dívidas.

Mais tarde, Maria Tommasino descobriria que essa versão não passava de uma fantasia sua, construída silenciosamente ano após ano contra o avô, já não coronel mandante de assassinato, só um velhinho que falava o que bem entendesse.

A polícia fez investigações, entrando nas casas, assustando as crianças, atrasando o trabalho das mulheres, e chegou a um parente de Maria. Silvio Tommasino, rapaz de uns vinte anos, filho da irmã de sua avó, a tia Beatriz. O rapaz foi capturado pela polícia quando fugia da cidade, e conta-se que apanhou muito, foi torturado com simulação de afogamento no rio que passa perto do lugar onde a menina foi morta, mas nunca confessou o crime nem saber dos criminosos. Foi liberado meio vivo, meio morto, por falta de provas. Dizem que suas duas irmãs acreditavam que era culpado, a mãe apenas chorava. Contra ele só havia os rastros do trator próximos da cena do crime e algo que ele teria falado antes de tudo acontecer, como se soubesse o que estava por vir, mas houve quem jurasse estar com ele na hora do crime, e a acusação não deu em nada.

Silvio Tommasino era amigo de Luiz Godói e de seus irmãos. Até hoje o crime não solucionado aponta para eles.

Era uma pena que Maria Tommasino tivesse esquecido essa história durante tanto tempo. Saiu da casa dos pais aos treze anos, com a mesma idade da menina assassinada, morou em muitas cidades até se fixar no Rio de Janeiro, e a vida se tornou tão veloz que aquela paisagem do interior e suas histórias não cabiam mais nela. Na verdade, toda a tarefa da vida, parecia-lhe agora, tinha sido empenhada no esquecimento. Esqueceu durante trinta e oito anos, até que uma aluna sua cometeu suicídio e ela passou uma noite inteira repassando a imagem da menina sorrindo no café da faculdade de Letras ao apresentar sua mãe. Quando soube do suicídio, Maria só conseguia pensar no sorriso aberto, no gesto de abrir os braços e, ato contínuo, no rosto doído da mãe.

Quando conseguia adormecer, imediatamente acordava com a cena do sorriso invadindo o quarto. Na vigília, começou a sentir medo e fez o sinal da cruz, o que a levou de volta à infância e ao medo dos amigos mortos. Relembrou cada um deles, os rostos conhecidos, e então chegou àquela primeira morte e repassou os detalhes: a estrada de terra comprida e deserta, o sol, o Fusca, o irmão, os pais, a árvore, os policiais, o facão, o avô.

O que a suicida sorridente – a morta atual – teria a ver com a morte da boneca viva?

1

Seria melhor dizer que quando ainda era uma criança, estive numa cena de crime com meus pais. Na minha lembrança, passamos por ela por acaso, quando íamos visitar nossos avós, os pais da minha mãe, os Tommasino. Morávamos numa comunidade rural a mais ou menos 30 km da comunidade deles. Visitávamos poucas vezes esses avós, e a família de minha mãe, na minha lembrança, era muito diferente da nossa, que incluía os avós paternos, os Magri. No lado paterno, éramos mais silenciosos, ou menos barulhentos. Lembrando agora minha lembrança ainda de menina, nossa diferença residia nisto: enquanto eles gritavam e falavam coisas proibidas, nós tínhamos certo decoro. Essa impressão se firmou à medida que aquele era o lado familiar mais distante, menos visitado, era como se aqueles parentes não fizessem parte, verdadeiramente, da nossa vida cotidiana. Mas se firmou, também, graças ao crime que ficou marcado na minha memória infantil e ajudou a construir em mim um imaginário meio mítico de bandidos e valentões. Hoje os vejo como parentes queridos, companheiros de meus pais e tão acolhedores ou mais que o lado paterno da família. Então, em algum momento de minha vida, me tornei uma escritora, e a cada livro aparecia o desejo de contar aquela história, mas a cada vez que o desejo aparecia, vinha com ele a pergunta sobre como contá-la. Afinal, a quem interessaria a história real de uma menina assassinada numa remota comunidade rural do oeste de Santa Catarina chamada Simões Lopes? Aliás, esse nome de "cidade" lembra um gaúcho de botas e bigodão, e só dizer "Simões Lopes" faz reverberar também uma ideia de contos gauchescos ou de literatura rural, em contraposição a um mundo primordialmente urbano que figura na literatura brasileira e do qual faço parte hoje. Então, eu poderia contar essa história omitindo o lugar real onde ela aconteceu e passar, sem mais nem menos, do acontecimento na vida de uma escritora pouco conhecida ao romance de ficção. Mas essa era a única história verdadeira que tinha para contar e, portanto, não queria abrir mão de certo peso – memorialístico? factual? de testemunho? – em nome da invenção, coisa difícil de fazer funcionar, mas que hoje, para mim, não cintila tanto quanto cintilava há alguns anos.

Aqui está um problema, o problema que cerca a história que quero contar. Preciso voltar alguns anos e dois cenários para tentar me explicar. Um dos meus livros parte da ideia de que a ficção, a invenção, é o motor do romance. A narradora, um pouco cínica, um eu em busca da personagem ideal, ao perdê-la de vista na rua num trabalho detetivesco, chega à conclusão de que ainda haveria uma saída: imaginá-la. E concluía que essa era a tarefa mais difícil, dura, que, no entanto, escolhia para aquele romance. E ela precisava fazer isso porque eu, a escritora, acreditava que a literatura realmente interessante era a imaginativa.

Mas de repente tudo mudou. Foi o mundo que mudou, e fui eu. Voltamos várias casinhas, e o elogio da ficção ficou banalizado diante da mentira pura e fria que se faz firmar como verdade. De alguma maneira, o mundo, tal qual aparece para mim em forma noticiosa ou material, palmilhável, me fez desejar, cada vez mais, ler coisas vividas por alguém identificável. Com toda a ajuda do romanesco, daquilo que existe de imaginativo ao se contar qualquer história realmente vivida. Aqui não há lugar para ingenuidade alguma. A estrutura que sustenta qualquer história, sabemos, foi firmada numa tradição da narrativa construída por homens e mulheres durante séculos, e depende tanto dessa forma assimilada quanto da subjetividade do autor que procura preencher buracos e zonas escuras com a astúcia que o conhecimento factual não pode dar. Uma história real de um crime cometido numa comunidade rural no interior do país e totalmente enterrado enquanto investigação séria não seria fácil de levantar. Mas, ao buscar escrevê-lo sem ficcionalizá-lo, eu não imaginava o quanto seria difícil encontrar pistas confiáveis nem como seria impossível chegar àquelas que eu vislumbrava antes de me pôr a contar o crime.

Ao me lembrar da história, toda uma constelação de mães me veio à mente. Primeiro a minha, na cena do crime e depois no carro, dizendo a tal frase. E, logo, a mãe da minha aluna, que impregnava todas as cenas naquela noite. Tentava me livrar da ideia de sua dor, da sua incompreensão, do sofrimento insuportável. E então tive vontade de saber o que havia acontecido nesses anos todos com aquela mãe que teve a filha assassinada quando ainda era uma criança. O que minha mãe conta da mãe de Soeli Volcato é que, depois que as lágrimas secaram e que viu os acusados serem soltos e a investigação, arquivada; depois de ter feito o capitel – uma igrejinha com uma santa para lembrar a filha morta no lugar em que aconteceu o crime –; depois de ir com minha avó rezar e ali depositar flores todas as sextas-feiras por volta das duas da tarde, na suposta hora em que sua filha foi morta; depois de tudo isso, por mais de um ano, e não suportando a naturalidade com que os outros esqueciam o crime e sua crescente vontade de vingança, a mãe convenceu o pai, e a família Volcato foi viver em outro lugar. De lá nunca mais voltaram, nem mesmo para o enterro dos meus avós, seus compadres e antigos vizinhos. Deixaram aquela vida para trás.

Já para os Tommasino, a família da minha mãe, não havia outro remédio que continuar plantando e colhendo e, portanto, lembrando todos os dias, ao passar por ali, da boneca viva que foi morta por uma simples e estúpida vingança. Nos almoços de família – os visitantes obrigatoriamente teriam que passar por aquele lugar na estrada –, se conformavam dizendo que os crimes que não são punidos aqui o são no outro mundo e com um castigo mais cruel, porque eterno. E com a certeza desse castigo, aos poucos foram esquecendo, o mato crescendo sobre o capitel.

Naquela noite, quando tentava recordar a fazenda dos meus avós e seus limites com as terras dos vizinhos, me lembrei de um lugar na estrada depois da casa, num trecho perto de um riacho com árvores densas que se abraçam sobre a estrada, formando uma espécie de pequeno túnel escuro e úmido que não dura mais que alguns passos, mas é como uma encruzilhada, um lugar um tanto sinistro, mais escuro, menos habitado, onde não devo ter ido mais que uma vez. E me lembrei de uma escadaria, pessoas chorando na varanda, o pequeno caixão sobre quatro cadeiras, depois o pequeno caixão sobre a mesa de jantar, no centro da sala escura, o cheiro das velas queimando, o caixão fechado, os sussurros.

Lembro-me de ter ouvido a palavra "crime". Não recordo porque não podia entender o que era isso, mas acho que pode ser daí que levei para outra cena a palavra "violação", a ideia de morte e a ideia de sexo ligadas, que julgava pertencer a outro velório, o do avô de minha melhor amiga, apenas uns dois anos depois, quando furei o pé num prego e fui carregada para o hospital pela tia, para tomar a vacina do tétano. O pobre velhinho não tinha matado ninguém, nem assediado nenhuma menina, mas durante anos, jurei para mim mesma que sim, que havia um crime rondando a cena do velório daquele vovozinho do interior. É provável que na cena anterior, a de meus quatro anos, na penumbra da sala que continha o caixão pequeno, as pessoas comentassem, as pessoas se perguntassem sobre as circunstâncias do crime. Viva ou morta? Foi ou não violada? Por que cortaram os cabelos? As partes dos dedos? E os dentes? O que mais fizeram esses animais? Mais tarde, eu saberia que tudo era muito pior do que poderia imaginar aos quatro anos e que as pessoas não suspeitavam, mas sabiam, haviam visto o corpo, e não eram essas as perguntas que faziam. Não era um velório silencioso, era o espanto, a curiosidade, a abominação.

Na noite que passei em claro, comecei a recordar, sem poder impedir o fluxo de tudo o que me vinha à mente, meu primeiro desmaio, na estrada, perto de uma fonte de água, onde as árvores fazem um pequeno teto, lançando suas ramagens sobre uma grande pedra. Estaria me lembrando daquele lugar na estrada que estava ligado à menina morta, à sua morte terrível e ao medo? Lembrei-me do meu segundo desmaio, ao subir uma escadaria e chegar à varanda de uma casa velha na beira da estrada. Era como se eu estivesse delirando, porque toda essa lucidez, uma trama de coincidências, essa visão clara da infância esquecida só se dá fora da consciência, no sonho ou no delírio. E outra vez encontrava o sorriso franco, os braços se abrindo, o corpo despedaçado no chão da faculdade de Letras, a mãe, a vaca que Fra Egídio faz reviver, os diversos montinhos de cabelos, de pontas de dedos, de dentes, a junção dos pedaços, o sorriso, os braços abertos. Fiz o sinal da cruz e acendi a luz.

Um ano antes do suicídio da aluna, resolvi fazer meu mapa astral. Estava numa dessas encruzilhadas da vida e sentia que precisava de um projeto novo, fazer alguma coisa que me fizesse sentir viva. Eu ainda não sabia, mas a mudança seria radical. Mudaria de casa, me separaria, começaria a escrever de novo. Ao entrar na sala minúscula do décimo terceiro andar do número 414 da Visconde de Pirajá, fui capturada pela imagem do mar, que parecia entrar pela janela. Antes de falar qualquer coisa para a mulher enérgica, sem papas na língua, meio mística, mas meio psicanalista também, e que leria meu mapa astral, antes mesmo de me apresentar propriamente, lembro-me de ter balbuciado displicentemente a palavra "selvagem". E depois, para começar a conversa, eu disse que aquela paisagem era muito bonita.

Eu ainda morava na Praia do Flamengo, num prédio de frente para o mar, a parte da frente toda de vidro, mas, como entre a janela e a praia há o parque, o mar nunca esteve tão perto. Uma distância segura e verde, centenas de árvores garantiam certo apaziguamento do mar e da vista. Ali, não. Era como estar quase dentro do mar, dava para ouvir seu barulho, uma ilha estava quase tão perto que parecia ser possível chegar a ela nadando.

Com a leitura do mapa, a paisagem foi esquecida, e a palavra que eu tinha usado para expressar admiração, também. Mergulhei na minha história familiar, decifrada pela guru, que ficou interessadíssima nas mulheres de minha família. Seria preciso entender esse laço com a família da mãe. "Há mulheres fortes aqui. E vingativas."

– Sua mãe já falou de uma mulher, pode ser irmã da sua avó, ou mãe dela, que tenha ateado fogo num celeiro?

Olhei desconfiada. Como ela poderia ver isso no mapa? Não sabia nada dos Tommasino. Nenhuma história. Quando minha mãe se casou e se mudou da casa dos pais, o contato com a família passou a se dar de forma mais prolongada nas férias dos filhos ou, antes, nos feriados ou em alguns domingos de festa. Não é que fosse longe: meu pai ia ao namoro de sábado à noite a cavalo. Duas horas para ir, duas horas na sala depois do jantar, um aperto de mão na saída e mais duas horas para voltar. Quando compraram o Fusca, as visitas se tornaram mais fáceis, mas, ainda assim, três ou quatro vezes por ano.

Claro que me lembro dos almoços de domingo e, depois, de ter ficado alguns dias, talvez uma semana, na casa da avó. Dias terríveis, nos quais me via fugindo do tio mais novo e do avô, cujas melhores brincadeiras eram puxar minhas calças de elástico para baixo ou erguer minha saia, assim que me levantasse para entregar a cuia de chimarrão ou o copo de suco quando estavam sentados todos em roda, fazendo com que eu desejasse morrer. De vergonha. Todos riam da menina seminua no meio da roda. Apenas minha avó, às vezes minha tia, recriminava a brincadeira e ia me buscar naquele centro que para mim era o palco da vergonha e da humilhação. Era horrível, aqueles tios eram maus. Tinham outro costume ainda pior, beliscar as carnes moles das pernas com os dedos dos pés. Tinham força, eram sádicos. Naquela casa, eu vivia chorando, e essa era a diversão deles: rir da menininha que chora. Lembrando-me disso, respondi que não tinha muito contato com a família da minha mãe: "Eles são uns selvagens".

Quando eu disse a palavra, a mulher chamou minha atenção para a paisagem. Seria a mesma coisa? E disse que o meu trabalho, dali em diante, seria refazer o laço com essa família selvagem, porque ela fazia parte de mim. Ela estava me dizendo que eu precisava reconstituir minha história pela história da família da mãe.

Fiquei pensando na cena dos tios terríveis. Ao lamentar as pequenas agressões físicas, me vi riscando um fósforo e queimando aqueles tios todos como se fossem apenas uma fotografia, e não homens reais. Depois, meio arrependida, salvei um deles. E salvei outro, que na maior parte do tempo fala como um homem bom. Sem gritar. E fui salvando um a um. Não sei se pela Shoshanna do filme do Tarantino ou pelo mapa astral, a cena que cultivei foi a de uma mulher que queima um celeiro e dá uma sonora gargalhada. Pensei que se escrevesse alguma coisa um dia, tudo se daria em torno dessa vingança familiar. Não tinha feito ressurgir ainda a história da menina assassinada.

No ano seguinte, quando as mais absurdas previsões da vidente tinham se concretizado, movida pelo espanto, liguei para minha mãe e perguntei de novo sobre a tal mulher e o fogo, eu queria muito contar aquela história. Mas ela me contou outra história, muito diferente.

Sim, houve uma mulher, houve o fogo. Aconteceu com a mãe de Silvio Tommasino, esse familiar esquecido que passou, de repente, a ter uma importância desmesurada na minha vida por sua ligação com a menina assassinada e a história que eu ainda não sabia que iria contar. Um dia, ela saiu para lavar roupa no rio e deixou a filha de quatro anos dormindo e uma vela acesa. Quando voltou, o quarto estava em chamas e a criança toda queimada, morta, no chão.

Não era bem essa a história que eu queria ouvir, por isso mencionei o celeiro, o namorado, a vingança, mas minha mãe disse não se lembrar de nada parecido. Então passei a pensar que talvez minha mãe não devesse ser minha única fonte. Seria bom fazer uma visita à infância selvagem.

Virginia Woolf disse que a mulher relembra através da mãe. Aqui, a mãe é a primeira fonte e também quem arma a intriga que reúne toda a rememoração por uma frase dita no caminho daqueles meus quatro anos e de todo um mal-entendido que sua frase gerou. Mas, mais que isso, é a família da mãe que cerca toda a história, e a minha volta para casa se dá no seio dessa família, um pouco desconhecida, um pouco distante, mas parte de mim. Foi por isso, para me lembrar através da mãe, que minha narradora começou a surgir como Maria Tommasino.

Mas foi também por causa do procedimento de Ricardo Piglia, autor que eu estava lendo sem parar quando minha história começava a ganhar forma. Primeiro porque eu pensava que o único jeito de contá-la era olhando de fora aquela menina de quatro anos que passava por uma estrada de terra e via alguém brandir um facão. Era eu, mas também não era eu. A saída pela terceira pessoa como forma de falar de si me convinha. De fora do meu corpo infantil, sem emitir a palavra "eu", tudo parecia mais fácil e até mesmo mais crível. Enquanto escrevia, via se desenrolarem as cenas, me colocando nelas como um duplo que não mais me feria, que não mais me amedrontava. E durante a escrita, pela primeira vez, vivi momentos em que o medo se dissipava. Podia ir ao colo do meu avô sem medo, podia passar pelo local do crime sem medo, podia relembrar a menina assassinada sem medo. Mas depois outros medos apareceram, medos mais próximos de quem sou no presente, medos que podiam me atingir e a minha família.

Eu estava armada de muitos cuidados com a pequena sombra do eu que podia atravessar minha página, e, por causa desses cuidados, a história que contava aparecia como "minha história" só para mim, enquanto para os outros ela aparecia despessoalizada. Nenhum problema com isso, mas, nesse caso, o tratamento da história não podia admitir as falhas que ela na verdade tem. Tive que abandonar, não sem uma fisgada no coração, a minha Maria Tommasino. Esteve comigo mais de um ano, vi sua história se desenrolar no branco da tela do computador.

E depois vi tudo se apagando, e um eu ainda vacilante ocupar o lugar da narradora que morria.

Resolvi usar minhas férias para voltar à cidade dos meus pais e fazer uma investigação amadora do assassinato de Soeli Volcato; acabou que a família inteira se envolveu no trabalho detetivesco. Quem me buscou no aeroporto foi meu irmão, aquele que esteve comigo na cena do crime, mas ele não se lembrava de nada a não ser do que se contou sobre o assunto nos dias de visita aos nossos avós. Para ele, a história é meio "Era uma vez uma menina de treze anos que foi assassinada bem aqui…", e então se aponta o capitel, e na curva seguinte a história já foi esquecida. Nenhuma realidade, é uma lembrança que pertence aos outros. Ele estava preocupado: por que eu ia me meter nisso? Não tinha outra coisa sobre que escrever? Sorri quase tranquila, dizendo que não sabia bem o que buscava. Tinha acontecido tanta coisa na minha vida nos últimos dois anos que precisava voltar àquele passado meio enterrado. Meu irmão só pedia que eu tomasse cuidado. É claro que eu tomaria cuidado.

Assim como ele, minhas irmãs e meus pais também ficaram muito apreensivos. Ainda assim, no dia seguinte à minha chegada, minha mãe, uma das minhas irmãs e eu fomos a Coronel Freitas para conversar com algumas pessoas e ver o que eu conseguiria descobrir. Foi uma volta estranha a um passado que tinha passado mesmo, um passado sem vínculos, um passado acabado, sem reverberações. Fazia muitos anos que eu não voltava àquela cidade, mas ela é ainda a mesmíssima da minha infância. Nem mesmo as lojas mudaram de nome.

A primeira coisa a encontrar, na entrada da cidade, é o cemitério. Depois a Rádio Continental, o ginásio de esportes e a rodoviária. Ao rever esses lugares, comecei a sentir algo como uma ansiedade. Ou uma angústia difusa. Revi a antiga sede do sindicato dos trabalhadores rurais, a fila que enfrentava toda vez que sentia dores de dentes, a assustadora cadeira do dentista na casa azul, a farmácia em frente... Seguindo a mesma rua, que atravessa toda a cidade, pouco maior e muito mais antiga que Águas Frias, onde meus pais vivem, chegamos ao que se compreende como "o centro", com sua igreja matriz e a casa paroquial, situada exatamente em frente ao Fórum, sinalizando o coração da cidade e a divisão igual de poderes. A Lei e a Religião. Durante toda a manhã, fiquei lembrando o subtítulo do livro de Flaubert, mas editando-o a meu gosto: cenas da vida na província.

Na quadra imediatamente atrás do Fórum está a casa de Gemma Baldini, uma das primeiras a encontrar o corpo da menina assassinada: antiga moradora de Simões Lopes, pessoa influente na região por ter sido sempre comerciante, curandeira e pertencer à pastoral da igreja.

Gemma Baldini nos recebeu no que parecia ser uma sala de atendimento logo na entrada da casa. Uma mistura de consultório médico e sala de massagem, com um sofá, duas cadeiras, uma pequena mesa e uma maca. A conversa começou fácil, em tom de confidência, mas também de sobrenatural. A sala, com uma grande janela de venezianas de madeira – fechadas para impedir a entrada do sol que, mesmo assim, se infiltrava pelas pequenas frestas e mostrava a flutuação das partículas de poeira aqui e ali –, contribuía grandemente para a convocação dos fantasmas na rememoração do dia do assassinato.

– A mãe da menina foi passar os bifes na chapa e um deles não passava, era só sangue e sangue. Ela virava o bife e ele continuava só sangue, não passava. Foi aí que ela entendeu que alguma coisa estava errada. A filha não tinha voltado da escola e ela não era de se distrair, de se atrasar. Preocupada, a mãe saiu de casa correndo e foi pela estrada, passou lá em casa e perguntou pela Soeli, se eu tinha visto ela passar por ali indo pra casa, e eu disse que sim, que tinha passado há um bom tempo já, mas ela nem escutou e continuou caminhando rápido e foi ver se a filha não tinha voltado pra escola, podia ter esquecido alguma coisa, ou se sabiam de algo por lá, e eu nem pensei duas vezes, larguei tudo e fui pela estrada procurar, junto com a Rosa Viani. Eram umas duas da tarde mais ou menos quando nós duas encontramos o corpo, logo pra lá da ponte, sabe, nas terras do teu avô, onde plantavam vassoura. Era um matagal com uma estrada estreita de terra no meio, e eles tinham arrastado ela uns vinte, trinta metros pra dentro da capoeira. Nós vimos o capim revoltado e entramos. Eles mataram ela na estrada, sufocaram, eu acho, e depois puxaram pra dentro. Ali colocaram ela em ponto de sexo, estupraram e mataram.

– Em ponto de sexo?

– Colocaram uma pedra embaixo dela ou colocaram ela em cima de uma pedra, não sei. Ela estava de barriga pra cima, com as pernas abertas, puro sangue, sangue, toda machucada, estragada. Foi mais que um. A saia estava levantada, cobrindo o rosto, não sei, porque não vi o rosto.

Ao ouvir isso logo no início da conversa, senti um arrepio perpassar meu corpo. Olhei os pelos arrepiados

dos braços e me perguntei como continuar. Perguntei sobre as mutilações. Ela disse não ter visto as pontas dos dedos, os dentes e os cabelos cortados e depositados ao lado do corpo, como minha mãe havia contado e dizia ter certeza de ter ouvido do relato do pai, um dos primeiros a chegar à cena do crime.

– Achei que tivessem enterrado – falei, de modo inoportuno, colocando logo as ambiguidades na mesa.

– Não – disse minha mãe. – Estavam ao lado do corpo.

Nosso avô nunca comentou o estupro, a posição do corpo. O que o perturbava – e à minha mãe – eram as partes destacadas do corpo. E a senhora falante sentada na minha frente se perturbava com a "posição de sexo", frase repetida várias vezes. O horror da violação visto pelos olhos de uma mulher obliterava todo o resto. Há mais de quarenta anos, essa mulher de oitenta e cinco diz lembrar de vez em quando "como se fosse hoje" – o horror sempre repetido – a menina de treze anos, "em posição de sexo", ensanguentada e nua.

Nós ouvíamos esses detalhes pela primeira vez.

– Mas se for verdade – disse a mulher – que cortaram a menina, devem ter feito depois de morta, porque ninguém escutou os gritos. E, se ela tivesse gritado, todo mundo teria ouvido.

Depois de um silêncio, pensativa, ela disse:

– Estupraram também com ela morta. Porque mataram ela na estrada e puxaram pro matagal. Tenho certeza. Agora, a polícia disse que ela lutou muito. O médico legista foi o dr. João. Ou o dr. Carlos, acho que já era o tempo do dr. Carlos. Só tinha um doutor. E já está morto. Ela foi forte, o médico disse. Se tivesse se entregado, acho que não iam matar. Só queriam dar um susto, um recado pro pai dela. Estuprar. Como ela lutou, tiveram que matar.

Vi a versão da história de que a menina não teria sofrido nada ir por água abaixo. Se teve luta, ela foi violada enquanto viva. Os vivos apenas tentavam minimizar o horror para si mesmos e para os outros. Enquanto falava, a mulher ia pedindo desculpas por não se lembrar muito bem de coisas como quem chamou a polícia, quem mais estava com elas quando encontraram o corpo, onde estava a mãe da menina, que também andava pelas estradas à procura da filha, e, principalmente, dos detalhes que eu pedia, afinal, tinha viajado até ali para isso.

Enquanto ela falava das partes já conhecidas da história, eu me lembrava das vezes que estive na sala de massagens dessa mesma mulher, há mais de trinta anos famosa por "arrumar" pés e braços "destroncados" numa queda de árvore ou num jogo de futebol, coisa corriqueira na infância da roça, fazer benzeduras e apaziguar dores nas costas do trabalho pesado. Gemma falava com a confiança de uma curandeira, com a autoridade de uma curandeira.

– O que que eu benzo?
– Nervo torcido, osso quebrado e carne rendida.
– O que que eu benzo?
– Nervo torcido, osso quebrado e carne rendida.
– O que que eu benzo?
– Nervo torcido, osso quebrado e carne rendida.

A fórmula repetida três vezes era acompanhada em seguida de três ave-marias, o mesmo número de pais-nossos e um raminho de cipreste molhado em água benta que respingava cabeça, ombros e braços. Depois se saía dali com talas nas juntas e a promessa de cura em três dias. Agora não haveria benzedura para melhorar do impacto da cena: a menina violada, nua e ensanguentada no meio do capim, saia levantada escondendo o rosto. A menina assassinada numa estrada deserta do interior, arrastada para o matagal por uns vinte ou trinta metros, não tem mais conserto. Nem a outra, antes os braços abertos e o sorriso, depois uma massa de carne arrebentada no chão da universidade, e nem esta aqui, pensei, já com mais de quarenta, na sala de massagens, depois de ver essas cenas chocantes, terá conserto.

Então ouvi de novo a voz da mulher:

– O começo de tudo foi uma briga. Uma turma deles brigou na festa da comunidade. Quebrou garrafas. Os Volcato eram fabriqueiros, sabe como é, coordenadores da comunidade, se dizia fabriqueiros antigamente. O Giacomo Volcato pegou o cavalo e chamou a polícia, que flagrou todo mundo na quebradeira e bateu, queria prender. E eles quiseram se vingar e pegaram a menina. Era uma turma de Simões Lopes, amigos. Eram todos solteiros, vinte e poucos anos, se tanto. Piazões mal-educados. Feios. Mal-encarados.

E a história da mulher e dos filhos voltando da festa sem comer, humilhados? Nada disso era verdade.

Ouvi a voz de minha irmã perguntando por que ninguém tinha sido preso se todos sabiam quem eram os assassinos. Essa é a pergunta mais repetida por todos, e a resposta sempre envolve dois ângulos: o medo, em primeiro lugar – como quando perguntamos mais tarde ao meu tio por que Gemma Baldini não revelou, à época, que tinha vendido uma corda ao suposto assassino –, e o dinheiro, em segundo lugar. Tinham medo os pais da menina, pois tinham outros três filhos; Gemma Baldini teve medo porque tinha filhos que voltavam sozinhos da escola à noite; Silvio Tommasino tinha medo de contar o que sabia porque poderia ser morto também. E seria preciso pagar à polícia e aos advogados para dar prosseguimento à investigação.

Mas agora Gemma Baldini já não tinha medo porque o assassino, ela dizia, já estava morto.

– Foi o Fermino Godói. Mataram ele na capital. Até os amigos estavam contra ele, foi morto numa briga. Sabiam que ele tinha matado a menina e mataram ele. Não se ouvia mais falar nada da turma dele, ficou tudo quieto. O Volcato teve medo de que fizessem alguma coisa, e a polícia teve medo também. Agora não tem perigo nenhum.

O telefone não parava de tocar, e a mulher já estava cansada, dando mostras bem visíveis de que era hora de acabar com a conversa. Já eram 11 horas, e o sol estava de rachar. Lá fora uma buzina tocou três vezes. Era a filha, que iria levar a mãe a um neurologista. Ela estava preocupada: tinha perdido algumas amigas para o Alzheimer e queria saber do médico o que fazer para a prevenção da doença.

Saímos dali em busca de arquivos que pudessem esclarecer alguma coisa na investigação, para tentar entender por que um crime assim, numa cidade tão pequena, onde todos conheciam os supostos assassinos, nunca foi punido. E se, afinal, a polícia tinha encontrado a corda usada no crime, e o caderno de entradas e saídas do armazém de Gemma Baldini registrava o comprador, por que ele não tinha sido preso?

Ninguém foi preso por falta de provas, todos concluíam, mas aquela não era prova suficiente? Eu queria falar com algum policial ou investigador, mas, na delegacia, ninguém sabia nada do caso e não havia arquivo. O mais antigo era de 1997. E ainda estava lá por milagre ou acaso. Todos os processos são incinerados depois de dez anos. Mais tarde, eu saberia que a investigação foi feita por outra delegacia, maior, a de Chapecó, apenas com colaboração dos policiais de Coronel Freitas. E, se existisse documentação no fórum de Chapecó, por exemplo, estaria sob sigilo por envolver a morte de menor. Mas não existia.

Fomos à Rádio Continental, que noticiou o crime – a cidade não tem jornal escrito –, e tentamos falar com alguns policiais, a partir da conversa com um dos herdeiros da rádio que estava por dentro do assunto, mas, depois de algumas horas e muitos telefonemas, chegamos à conclusão de que delegado, investigadores e policiais na ativa à época estavam todos mortos. A única pista a seguir parecia ser um estúdio fotográfico, mas à época as fotografias tinham sido recolhidas pela polícia, e o filho do dono não ficou à vontade para falar do assunto.

Tanto na rádio, como na delegacia, no fórum e no estúdio fotográfico, todos eram evasivos, e logo ficou claro que nenhuma palavra sobre o crime sairia daquelas bocas. Mas por que todos nos olhavam sinalizando perigo se o assassino estava morto?! Saímos da cidade em direção a Simões Lopes pelo mesmo caminho da chegada, com poucas descobertas, sem nenhuma pista e sem consciência real do medo que aquele crime ainda inspirava nas pessoas.

Resolvemos fazer o caminho que Soeli Volcato tinha feito no dia em que foi assassinada, o mesmo caminho que leva à casa dos nossos tios. Começamos pela escola. A mesma que frequentei entre os dez e os treze anos. A mesma que, antes, minha mãe frequentou. A mesma que hoje meus primos frequentam. A escola de Soeli Volcato. A escola dos assassinos de Soeli Volcato. Ela ainda fica entre árvores e, em linha reta, chega-se à igreja em poucos minutos, mais ou menos duzentos metros. Então vem a parte mais habitada: a esquina onde briguei com outra menina da mesma turma aos onze anos – quase podia nos ver rolando no chão de terra aos tapas e pontapés –, o bar e a casa em frente, o terreno baldio onde antes morava Rosa Viani. À esquerda, os restos do armazém de Gemma Baldini, e, à direita, a estrada de terra que Soeli percorreu sozinha ali pelas 13 horas daquela sexta-feira, 21 de agosto de 1981. À época, essa parte da estrada era bem povoada, mas hoje é quase deserta, e senti toda a tensão de estar caminhando por aquele cenário ao mesmo tempo familiar e assustador.

Paramos na encruzilhada e andamos um pouco pela estrada de terra. Ao mesmo tempo que olhava para minha mãe, eu imaginava a mãe de Soeli passando por ali, desesperada, à procura da filha. Fizemos algumas fotos: tudo parecia parado no tempo, e como só a angústia crescia, resolvemos seguir adiante. Enquanto fazíamos o caminho de carro até a casa dos nossos tios, minha mãe explicava como era a estrada antes: a ponte era mais acima e nessa, por onde passamos agora, não se passava quase nunca, pois ampliava o caminho e desviava da vizinhança. Mais alguns metros, a entrada à direita, uma pequena subida por onde adorávamos passar quando crianças, pois estaríamos chegando às terras do nosso avô, e logo avistamos o capitel. A pequena igrejinha, agora refeita, com um telhado protegendo a parte de vidro com uma Nossa Senhora Aparecida, um Jesus crucificado, um Santo Antônio e um vaso de copos-de-leite de plástico.

Fiquei alguns minutos admirando o contraste da capelinha branca com a terra vermelha, tudo emoldurado pelo verde do capim e da espada-de-São-Jorge, e mais ao fundo os pés altos de eucalipto e então o rio, atrás, que só se adivinha pelo barulho da água. O que mais me impressionou foi que atrás da capelinha, no lugar em que encontraram o corpo, havia uma clareira. O capim estava mais baixo e o eucalipto não foi plantado ali, naquele pequeno pedaço de terreno, como se o sangue derramado continuasse a delimitar a cena do crime. Procurei a enorme árvore que tinha visto aos quatro anos e na qual, imaginava naquele tempo, tinha sido enforcada a menina. Mas a árvore não estava lá. Teria existido?

"O que é bom nas histórias verdadeiras", diz Laurent Binet, "é que a gente não precisa se preocupar com o efeito de real." Verdade. Mas só em partes. Em todas as histórias reais que li no último ano, pude manter intacta a impressão de que umas são mais bem contadas do que outras. E todas produzem efeitos mais ou menos reais, mais ou menos convincentes, mais ou menos bem-sucedidos. O ter acontecido não sustenta minha história e nem a desses autores. E a própria escolha que eles fizeram, contá-las estando presentes e dizendo eu, é em si a procura por uma aura de autenticidade.

Chegamos à casa de nossos tios do mesmo jeito que chegávamos quando eu ainda tinha quatro anos. Que sensação estranha, essa de reviver as coisas do mesmo modo. A mesma casa de alvenaria e madeira; não devia ser o mesmo cachorro, mas esse também se chamava Amigo e era enorme; a mesma grama bem aparada; só não eram as mesmas pessoas. Algumas eram: o tio, a tia. Mas agora ou falta gente ou sobra gente quando tento sobrepor as duas cenas. O avô está morto, a avó também. E os primos quase desconhecidos são novos. Mas há a mesma fumaça das carnes assando, a mesma alegria barulhenta nas falas de todos, os mesmos abraços e o mesmo interesse em saber das coisas de cada um. Ainda o copo de cachaça feita pelos tios recebendo os recém-chegados, prometendo abrir o apetite. E a cuia de chimarrão continua a passar de mão em mão esses anos todos.

Quando nos instalamos nas cadeiras da área, confortavelmente descalços, formando o círculo por onde vão a cuia e a cachaça, comecei a falar sobre as conversas daquela manhã, e meu tio logo se lembrou de um álbum de fotografias antigas. Entre fotos dos casamentos de todos os irmãos, irmãs, tios e tias, havia o registro do dia da minha primeira comunhão e da dos primos, e no alto de uma página, logo acima da minha fotografia, lá estavam Soeli e uma amiga, ambas segurando rosas cor-de-rosa, também no dia de sua primeira comunhão. Só as igrejas eram diferentes. O tio abriu outro álbum, e lá estava Soeli criança, sentada no chão, sorrindo e segurando algo entre as mãos, uma caderneta ou uma carteira de couro. Todas as dobras das pernas e dos bracinhos salientes, cabelos até os ombros, olhos grandes e curiosos. Depois, a última foto da garota, a da "lembrança" do enterro, em que ela aparece sorridente, de blusa colorida e presilha nos cabelos, já com seus treze anos. A mensagem acaba com uma prece pela proteção dos inocentes, como se ela tivesse se tornado já uma santa.

Então meu tio começou a falar.

– O Luiz Godói era o principal suspeito, e o Antenor Siqueira era o outro. O Fermino Godói era uma criança, na época, não foi ele, a Gemma Baldini se confundiu. Naquela noite, a polícia prendeu todos os suspeitos na escola para o interrogatório. Se fosse hoje, eles teriam sido linchados. Não tem dúvida: o bando todo reunido, era uma oportunidade.

– O que não entendo – eu disse logo – é por que não continuaram presos. Por que soltaram os suspeitos?

– Não conseguiram provas – disse minha tia.

– Mas e a corda? – perguntou minha irmã.

– A história da corda -- continuou o tio – só apareceu três meses depois. Foi o pai que mandou a polícia imprensar a Gemma Baldini, pedir pra dar uma olhada no caderninho do armazém. O marido dela, o Alfieri, era muito amigo do pai e tinha comentado. Lá no caderninho dizia que o Luiz Godói tinha comprado a corda no dia do assassinato. Ou um dia antes. Aí a investigação foi pra frente, mas já era tarde. Foi tudo feito por Chapecó, era o Parisoto, delegado de lá, quem comandava. A polícia daqui só colaborou. Depois não foi pra frente porque tinha que pagar a polícia, os advogados, e o Volcato não quis gastar o dinheiro. A investigação não ia trazer a filha dele de volta.

Meu tio disse que nosso avô foi quem encontrou primeiro o boné da menina, mas que ele não quis entrar sozinho na capoeira e procurou ajuda. Pediu a alguns homens que trabalhavam por ali e passavam de caminhão pela estrada que fossem com ele, e então acharam o corpo. Mais tarde, nossa outra tia diria que quem encontrou o boné foi o João Peruzo, um vizinho, e que ele chamou nosso avô na roça, onde ele e a nossa tia estavam trabalhando, e então os dois juntos pararam os caras do caminhão. O certo é que, quando encontraram o corpo, o pai da menina foi logo chamado, mas a mãe não. Não queriam deixar que ela visse a filha naquele estado. A polícia deve ter impedido, disse o tio. Era muito feio o que fizeram. Mas ele não conta os detalhes.

Como Gemma Baldini, eles também não sabem quem chamou a polícia, e como. Ninguém tinha telefone. O Giacomo, pai da menina, tinha um corcel vermelho, o tio lembrava, mas certamente não foi ele quem foi buscar a polícia.

– Ele não saiu de lá.

Perguntei ao meu tio se o nono falava sobre o que teria motivado o crime, e a resposta foi a mesma: vingança. Mas nada daquela história de comprar fiado nem de quebra-quebra.

– Nem chegou a ter briga. Ninguém quebrou nada. Não teve polícia. Como sempre aprontavam e a polícia nunca chegava, no dia da festa o Giacomo fez uns cassetetes de madeira, e eles não quiseram enfrentar. Ficaram com raiva, queriam pegar ele, mas como ele era um homem de respeito, não levava desaforo pra casa, era corajoso, se vingaram na filha.

Minha outra tia, depois, diria outra coisa:

– Dizem que a menina morreu pela boca da mãe. Tinha uma festa. Sempre dava briga. Os pais dela eram festeiros, e a polícia nunca aparecia. Fizeram cassetetes e se prepararam pra bater neles. Eles tinham raiva dessa turma. E ela disse que não levaria as filhas na festa porque não queria elas no meio daquela gente. Eles não gostaram e quiseram se vingar da mulher.

Eu entendia a cada minuto por que tinha me afastado tanto da família da minha mãe. Mas antes de ir embora ou iniciar um bate-boca, eu queria saber do Silvio Tommasino.

— O Silvio não matou ninguém, ele é um cagão. Não é um bandido, é um bocó. Não tem capacidade pra fazer uma coisa dessas, é um mendigão. Mas ele tem culpa. Sabia de alguma coisa, porque não deixou as irmãs irem pra escola naquele dia. Por que elas não foram pra escola?

— O Silvio não podia ter feito nada com as próprias mãos – disse depois minha tia. – O pai viu ele passando de trator antes de tudo acontecer, e não dava tempo pra ele voltar. Agora, ele participou, sim. De outro jeito. Ele derrubou duas bergamoteiras na estrada, pra Soeli se obrigar a fazer outro caminho. Aí ela passou pela ponte. Porque pelo caminho normal as pessoas veriam. Ele trancou a estrada pra que pudessem pegar a Soeli. Ah, e, uma semana antes, ele falou no Peruzo que uma coisa terrível iria acontecer com o Giacomo e a Regina. Foi por isso que a polícia pegou o Silvio. Bateram nele até na sola dos pés, torturaram muito pra que confessasse, pra que entregasse quem matou, mas ele não abriu a boca. Colocaram uma bota na cara dele pra impedir a respiração. Ficaram uma manhã inteira fazendo isso. E depois ficaram afogando ele no rio Chapecó. Ficou uns três dias sem poder caminhar, mas não falou nada.

— E quem contou esses detalhes da tortura? Ele mesmo? – perguntei.

– Aí não sei. Contam. Todo mundo sabe. Mas se foi ele quem contou primeiro não sei. Pode ter sido algum policial. Aqui todo mundo se conhece.

Depois de um silêncio, a tia continuou:

– Mas todo mundo sabe. Foram os Godói e os Siqueira. Eles mataram, foram pra casa, trocaram de roupa, tomaram banho e voltaram limpinhos pra cena do crime. Choraram e tudo. Todo mundo sabe, mas não conseguiram provas contra eles. Só depois de muito tempo apareceu a história da corda.

– E eles ficaram em Simões Lopes, como se não fosse nada com eles. Só muito tempo depois é que foram embora. E agora voltaram.

– Estão vivos e soltos – disse o marido de minha tia. – Veio aqui o Luiz outro dia. Estava fazendo o asfalto. Tomou água aqui nessa área. Agora ele tem uns sessenta anos.

– E como ele é? – perguntou minha irmã.

– É baixinho, atarracado, encorpado, grisalho. Meio gordo. Está morando aqui em Coronel Freitas.

– Eu acho que deviam ter colocado uma bomba na escola – disse minha tia, calmíssima. – Eram uns vinte suspeitos. E quem não tinha participado desse crime tinha participado de outros. Fazia uma limpa. A escola estava velha mesmo, já estavam construindo a nova. Não ia trazer a Soeli de volta, mas é uma questão de justiça.

Minha tia tomou um pouco de fôlego e acabou:

– Eles que construíram o nosso porão. Antes de matarem a menina.

Já era final de tarde, estávamos cansadas de ouvir e continuar imaginando aquilo tudo. Estávamos confusas. As pessoas tinham certeza sobre a identidade dos assassinos, mas eles não tinham sido presos por falta de provas. E a certeza deles estava firmemente assentada: a motivação forte (seja a briga, seja o desaforo do preconceito exposto, seja a maldade dessa turma, fama adquirida pelo caráter valentão dos rapazes por outras brigas e outros crimes que vieram depois). Todos os que falaram simplesmente acreditam: eles são bandidos. E há a prova material: a corda usada no crime e comprada por um dos assassinos. Mas por que a polícia não acolheu essa prova? Certamente bastaria para prender um dos assassinos. Com prova física, uma das armas do crime, não há medo capaz de encerrar a investigação de um crime contra uma menor.

À noite, já em casa com meus irmãos e meu pai, noutra roda, construí uma teoria no mínimo plausível.

– E se o Alfieri e o nono inventaram o caderninho com a compra da corda? Ninguém sabe explicar se a corda estava na cena do crime. Por que a corda só apareceu tanto tempo depois? Por que se calariam por três meses sobre a compra da corda? Eles podem ter inventado essa prova pra incriminar o Luiz Godói. Ou, mesmo que isso não tenha acontecido, a polícia deve ter chegado ao mesmo raciocínio.

– E eles tinham raiva dessa turma – disse meu irmão.

– Mas eles eram bandidos – disse meu outro irmão. – Mereciam a raiva toda.

Minha mãe falou com o ar mais calmo e distante que se possa imaginar:

– É que vocês não conheceram essa turma. Eles chegaram em Simões Lopes do nada e do nada espalharam o terror. Batiam nas pessoas, quebravam coisas, roubavam, brigavam nos bailes, mexiam com as mulheres. E, pra eles, matar um não era nada. Estavam sempre armados: facão, canivete, revólver. Bebiam e não pagavam. A gente se arrepiava quando via que estavam chegando em qualquer bar ou festa ou baile. Moravam na beira de estrada, não tinham nada, o que significa que podiam fazer o que quisessem e sair de lá no meio da noite. Não tinham nenhum compromisso com a comunidade.

Quanto a isso, não tinha como discordar. Mas, quarenta anos depois do crime, era impossível compreender o que se passou. Tudo pode ter acontecido como contam. Mas tudo também pode ter acontecido de outro jeito. E hoje seria simples descobrir. Bastariam alguns testes de DNA.

Como contar essa história preservando quem sou, sendo verdadeira, sem proteger as pessoas reais com quem os laços familiares deverão, de alguma maneira, seguir sem serem desfeitos? Percebo que fico presa – eu, minha imaginação, minha capacidade de raciocínio – pelos escrúpulos que me obrigam a preservar esses laços. Percebo que não posso contar a história do jeito que gostaria, percebo que não posso ir até o fim numa investigação real, porque desejo preservar meus pais, e a mim, da reação deles ao ler e do que pode lhes acontecer.

O que sinto por esses meus personagens? São personagens só porque mudei seus nomes? Desconfio, sobretudo, de suas certezas. Da vaidade de cada um, desse ar de quem está sempre certo, de quem acredita que sabe de verdade das coisas, que pode dar a versão correta da história. De sua crença na própria autoridade, do modo como olham as pessoas ao seu redor e da certeza de seu sucesso nesse palco das lembranças do passado. Sinto amor por eles, também: meus parentes, meus conhecidos, amigos de meus pais. Sim, eles me parecem sempre duplos: esses chacais que atacam sem parar, mas também capazes de toda a generosidade do mundo, de momentos de leveza; são capazes do abraço e de desejar, com sinceridade, o melhor para nós todos.

Naquela noite, não consegui dormir direito. Não conseguia me livrar da companhia dos dois assassinos conforme os tinham pintado as conversas do dia. Sabia como era um deles: grisalho, meio atarracado, uns sessenta anos. Do outro não tinha nada além do sobrenome. Siqueira. E meu primo de segundo grau estava entre valentão e mendigo. Eu começava a desconfiar que ele poderia ser o verdadeiro assassino, mas, como é de família respeitada, bastou aquela bela surra da polícia. Nessa hora, lembro-me de ter afastado para muito longe de mim esse pensamento e, na noite escura do interior, sem luar, imaginava três jovens brigões, facão na cintura, subindo uma escada e entrando no quarto, um de cada vez, pela janela. Acordei sonhando com a estrada deserta e tive a sensação de ter o próprio rosto coberto pela saia do uniforme, pernas abertas, senti a viscosidade do sangue, a vergonha da nudez e saí do sonho como quem volta da morte para retirar do rosto o cobertor que me impedia a respiração. Me sentei na cama, tomei alguns goles de água da garrafinha que sempre deixo ao lado e repassei as conversas do dia.

Senti um desânimo enorme. Não tinha nada nas mãos. A não ser que desprezasse os conselhos de todos e saísse em busca de Silvio Tommasino. Ele poderia esclarecer muita coisa, e agora, com mais de sessenta anos, não devia mais ter vontade de fazer mal a ninguém. Está casado e tem dois filhos. Poderia dizer a ele, para começar: "E se tudo não passou de preconceito? E se seus amigos não eram os assassinos? Você os conhecia e poderia esclarecer o crime". Talvez ele pudesse apagar aquilo que falou no João Peruzo, que os pais da menina sofreriam uma sorte terrível. Ou talvez fosse apenas um mal-entendido. Uma espécie de ameaça. Até uma ingenuidade. Talvez não soubesse o que os outros fariam realmente. Mas pode ser que ele também seja o assassino. E se quiser calar quem está por aí remexendo no passado? Eu oscilava entre as vozes do tio, "Ele é um cagão! Mais mendigo que bandido!", e as vozes dos meus pais, com receio da violência do primo.

Meu pai estava convencido de que Silvio Tommasino tinha participação na história porque, um dia, recebeu a visita de um senhor de uma comunidade vizinha – hoje já morto – que foi perguntar qual o "crime bárbaro" que o Silvio tinha cometido, pois, num desentendimento entre ambos, meu primo teria falado que no passado havia cometido "um crime bárbaro" em Simões Lopes e que não custava nada cometer outro, insinuando que seria capaz de matá-lo se continuasse insistindo na questão. E se tomássemos essa fala como uma confissão, e não apenas como gabolice?

Pela manhã, durante o café, decidi telefonar a um amigo de meus pais que conhecia bem o Silvio. O amigo passou telefones e endereços, mas aconselhou que não fôssemos conversar com ele. Em todos esses anos, ele nunca falou nada sobre aquele crime, nem mesmo sobre a tortura sofrida. Tinha se transformado num homem amargo e irritadiço. Ele não sabia dizer qual seria a reação de Silvio a qualquer pergunta sobre o assunto. Meu pai, meio convencido de alguma culpa do primo, desejava que eu esquecesse o assunto, não fosse mais mexer com o passado. Senti que ele temia as consequências da investigação, e, por mais que nada pudesse ser pensado em termos de punição ou de uma reabertura do processo de investigação pela polícia, passado tanto tempo, havia ainda a possibilidade de vingança, de os três parceiros assombrarem a vida dos meus pais. Mas não só isso. Meu pai é a pessoa mais capaz que existe de se colocar no lugar do outro e não se sentia bem em causar incômodo ao Silvio. Ele era capaz de imaginar perfeitamente como o outro se sentiria, e não era justo reviver aquelas dores. E se ele fosse mais uma vítima dessa história?

Tudo o que eu desejava era me encontrar com Silvio, ter uma conversa com ele. Uma espécie de obsessão me dominava, e se não fosse a imagem do pai, que eu pintava de indefeso, teria ido até ele assim que obtive o endereço. A doçura de meu pai, seu caráter pacífico, sempre conciliador, recomendava a cautela, e não a ousadia ou o impulso. Esperei toda a tarde e toda a noite e então, na manhã seguinte, quando meus pais viajaram com meu irmão para visitar outro tio, que não tinha nada a ver com a história, me desvencilhei, tomei coragem e fiz a ligação.

Quem atendeu foi uma mulher. Não tive coragem de iniciar qualquer conversa e desliguei abruptamente.

Diante da frustração, pensei em ligar para um segundo número, mas não pareceria ansiosa demais? Abri uma cerveja e fiquei avaliando a situação. Minhas duas irmãs estavam comigo, e nossos corações batiam forte no peito. Nenhuma das três sabia com clareza o que fazer. Era como se estivéssemos prestes a plantar uma bomba na casa de alguém.

Na segunda tentativa, com meus pais já em casa, a família toda sentada em círculo na sala e o telefone no viva-voz, Silvio Tommasino atendeu, e o resultado foi o pior possível. Quando me identifiquei e toquei no assunto, ele foi logo perguntando:

– E o que eu tenho a ver com isso?

Passando mal de nervoso, me abanando e andando dentro do círculo, arrisquei:

– Apenas gostaria que você me ajudasse a recompor a história. Falam muitas coisas...

– Eu não tenho nada a ver com isso. Apanhei bastante sem dever nada e a única coisa que quero é esquecer essa história.

– Mas desconfio que o que falam não seja verdade.

– Sou amigo dos tios da menina. Sempre converso com eles, visito de vez em quando.

– Isso eu também ouvi, mas tem coisas que não entendo, por exemplo...

– Por que você não pergunta pro filho da puta do seu tio? Aquele sem vergonha.

– Ele não falou que você tem alguma culpa. Estou tentando conversar com todos os que viveram nessa época e souberam da história. Conversei com a...

– Olha, vê se me esquece. Eu não tenho nada a ver com isso. E desculpa qualquer coisa.

– Eu que peço desculpas.

Ele não ouviu essa última frase. Estava gritando com outra pessoa algo que eu não consegui entender. Estava furioso. Tive certeza de que se estivesse falando com ele, frente a frente, teria levado um soco. Ou talvez ele tentasse me estrangular, mãos no pescoço, um recuo desesperado até uma parede, onde ele me esmagaria. Sentia mesmo esse sufocamento quando olhava diretamente nos olhos do meu pai, que ficou em silêncio, muito atento, durante todo o telefonema. Assim como minha mãe e minhas irmãs e irmãos, que estavam ouvindo a conversa. Todos visivelmente perturbados. Meu pai quebrou o silêncio:

– Imagina se você tivesse ido lá.

Minha mãe foi buscar fotografias de Silvio. Talvez, se as tivesse visto, eu teria pensado melhor antes do telefonema. O que eu via na foto era um rosto agressivo, uma pose de bandido se fazendo de bom moço. Sentado ao volante, de chapéu, cara de poucos amigos, Silvio olha para trás, numa atitude desafiadora, para quem está fazendo a fotografia. Olhos duros, meio enviesados, nariz grande e bigodes grisalhos até o queixo. É um homem jovem e forte. O único sinal da idade está nos bigodes. Ainda assim, são eles, mais que os olhos, que dão uma impressão de maldade. Noutra foto, com a mulher e a filha pequena, de uns dois anos, ele traz uma das mãos no bolso e ensaia um meio sorriso. Sem chapéu, deixa ver os cabelos bem curtos, duas pequenas entradas dos lados, no alto da cabeça, um primeiro sinal de por onde começará a calvície futura. Orelhas grandes e, além do bigode, barba. Uma senhora barba. Na foto está bem cuidada, desenhada com costeletas, dando ao rosto um ar quase bondoso. A barba minimiza o efeito do bigode na outra foto, e, fazendo um desenho harmonioso, cabelos curtos, sobrancelhas generosas, bigode e barba com costeletas criam um contorno que ameniza o olhar duro, ainda mais domado pelo meio sorriso. A camisa de botão um pouco aberta deixa ver pelos grisalhos, e a mão esquerda no bolso da calça jeans dá um ar de juventude.

Procurei imaginar o que, nesse homem, teria apontado para o mendigo, a descrição de meu tio, e não encontrei nada. Um homem sério, corajoso, ameaçador. E talvez violento. Um homem ameaçador em pose bondosa. Amoroso com a mulher e a filha. É isso que sai das duas fotos. Atrás da pose pode haver o bandido. O mendigo, não.

Então perguntei a minha mãe como era a relação de Silvio com os outros Tommasino antes do crime, porque intuí que poderia haver algo mais profundo na rivalidade dos primos. Meus pais confirmaram com algumas histórias. Os tios da minha mãe moravam próximos dos pais dela, apenas um pouco acima, na mesma estrada. Entre as duas famílias, a de Giacomo e Regina Volcato, pais da menina assassinada. Desde que minha mãe se lembra, os irmãos e o primo brigavam por qualquer coisa, mas na maior parte das vezes eram coisas sérias, que envolviam terceiros; numa ocasião, a polícia.

– O Silvio atirou de espingarda e matou um dos bois do meu pai – continuou minha mãe. – Ele tinha raiva do boi porque de vez em quando fugia do potreiro e avançava pelas terras deles. Matou um boi de trabalho, um boi bom, o pai tinha pago caro por ele. O tio acabou pagando o prejuízo que o filho dele deu, mas o pai parou de defender o Silvio. Ele não respeitava os limites.

– Mas foi o teu pai – disse meu pai – que livrou ele da polícia.

– É, foi teu avô – disse minha mãe – que foi testemunhar em favor do Silvio, dizendo que viu ele de trator, bem longe da cena do crime na hora em que mataram a menina.

– Teu avô exigiu que acabassem com a tortura, que ele provavelmente não sabia de nada, era só um rapaz revoltado que dizia besteiras.

A invenção poderia dar a minha história a impressão de pleno domínio do acontecido, ao colocar aqui e ali personagens e situações que preenchessem as lacunas e a tornassem mais verossímil. Na ficção, quando aparece um problema, basta eliminá-lo e criar a cena de outro ângulo. Aqui, por exemplo, eu poderia arranjar meu encontro com Silvio. Mas eu queria reconstituir as cenas reais a partir dos testemunhos ou dos boatos ou das lembranças que pudesse colher.

Fico pensando em Laurent Binet, Emmanuel Carrère, Javier Cercas, Selva Almada, Valeria Luiselli, Isabela Figueiredo, todos às voltas com arquivos e documentos, com uma simpática primeira pessoa que está contando e se contando ao mesmo tempo. Alguém brigando com Flaubert, alguém se salvando em Barthes, mulheres mortas, mulheres que, de coadjuvantes, se lançam à própria voz, e grandes temas históricos.

Mas esta minha história não tem a ver com grandes personagens nem com os grandes acontecimentos históricos, nem com a França ou a Espanha e nem mesmo com o Rio de Janeiro. Ela envolve personagens desconhecidos, com suas vidas medíocres, como a minha, e cenários que são quase aldeias, sem história, sem abalo maior que o dos tornados e o desse crime bárbaro, acontecido há mais de quarenta anos.

Todas as vezes que tentei investigar buscando pessoas ligadas à polícia da época recebi, além do olhar de reprovação, palavras claras que me aconselhavam a não mexer com o passado, a não reviver essa história. Por isso, foi necessário mudar os nomes. Também por isso, tive que abrir mão de tentar esclarecer o crime. Apesar do meu desejo e da minha intenção, não pude chegar perto dos suspeitos ou envolvidos, reputados como perigosos e possível ameaça, se não a mim, a minha família. É por isso que esta história acaba sendo mais a minha história daquele crime do que a história do crime. E se eu não invento muita coisa, tive que supor muitas coisas, tive que imaginar outras, sempre seguindo de perto o que me contaram diversas pessoas, que aparecem aqui mais ou menos disfarçadas de personagens.

Impossível resolver as falhas, preencher as lacunas e dar a esta história um direcionamento mais ágil. Não tenho como construir uma virada, algo que justifique toda a busca. Não valeria a pena voltar atrás e escrever uma história ficcional, um romance policial baseado em fatos reais? Talvez ainda não seja hora de desesperar.

No dia seguinte, o último na casa dos meus pais, eu ainda faria uma entrevista, a derradeira, com a tia da menina, que havia exumado o corpo havia poucos meses, trazendo os restos mortais para o cemitério da sua comunidade, no jazigo da família, aonde poderia levar flores pelo menos uma vez por mês. Dessa vez, fui com meus pais, sem minhas irmãs, e fomos recebidos como uma visita quase espontânea: um casal e sua filha que mora no Rio de Janeiro e que queria conversar sobre qualquer assunto. A conversa foi fluida, e tanto meus pais como o casal que nos acolheu falavam como velhos conhecidos que relembram o passado. Aquilo não tinha nada de entrevista ou de investigação.

Comecei perguntando pela exumação. A tia da menina descreveu tudo nos mínimos detalhes. Os ossos do corpinho estavam todos inteiros, mas os da cabeça estavam se desfazendo. A metade do crânio estava esmagada, e quando tocaram tudo se esfarelou. Para surpresa dela, os cabelos não haviam crescido – dizem que continuam crescendo, né? –, não havia cabelos, a arcada dentária inferior estava intacta.

– Parecia uma dentadura – disse ela. E confirmou que não havia dentes na parte da frente da arcada superior.

Foi a primeira vez que ouvi falar que tinham cortado o rosto de Soeli Volcato e depois esmagado o lado esquerdo de sua cabeça. Até então, sabia dos dedos e dos cabelos cortados, sabia dos dentes da frente quebrados ou arrancados, sabia que tinha sido violada e sabia que, provavelmente, antes de tudo, tinha sido sufocada e arrastada por uma corda. Mas não sabia de cortes no rosto nem de esmagamento do crânio.

A tia toma a menina como santa. Não tem nenhuma dúvida, porque há três meses precisou fazer uma cirurgia na coluna e o médico garantiu que ela ficaria alguns dias na UTI. Quando estava se encaminhando para a sala de cirurgia, ela rezou e pediu à menina Soeli que a protegesse e não permitisse que ela precisasse de UTI.

– E então senti como um vento e vi que as cortinas balançaram e eu soube que estava na presença dela. Então fui para a cirurgia tranquila, como se estivesse indo a um passeio. Durou cinco horas e saí dali direto pro quarto. O médico nem acreditou. Foi mesmo um milagre.

Tentando desviar desse assunto incômodo, interessada nos detalhes materiais da história, perguntei sobre o que aconteceu com a família depois do crime.

– Eles continuaram morando em Simões Lopes?

– Ele e os filhos, sim. Ela não. Minha irmã foi morar em Coronel Freitas. Conseguiu um emprego, de secretária de um médico. Ele continuou porque tinha que fazer a colheita e continuar plantando, levar a vida, não dava pra simplesmente abandonar a terra, tudo. Iam viver de quê? E tinham outros três filhos. Uma moça e dois rapazes. Agora, eles brigavam muito. O Giacomo culpava ela, coisas que ela falou. E a Regina culpava ele. Você sabe da festa no domingo anterior?

– Sim, sei que houve uma briga.

– Não houve briga. Mas o Giacomo foi cobrar os rapazes e eles não gostaram.

– Cobrar o quê?

– O que tinham consumido. A cerveja, o churrasco. Sabe como é, fazem uma mesa enorme e vão pedindo. Aí depois não querem pagar. Eles sempre faziam isso nas festas, e como eram meio bandidos, todo mundo sabia, conhecia, quando a briga começava deixavam assim mesmo. E eles acabavam indo embora sem pagar. Comendo e bebendo de graça. Mas meu cunhado, sabendo disso, se preparou com cassetetes e foi cobrar e exigiu que pagassem. Eles pagaram, não houve briga, mas saíram dali dizendo que iam se vingar.

– Ninguém imaginava que iam pegar a menina – disse meu pai, calado até esse momento.

– O que é estranho é ninguém ter sido preso, se todo mundo tem certeza de que esses caras eram os culpados.

– É que todo mundo sabe, mas não conseguiram provar nada. Nenhum deles confessou, apesar de terem apanhado, e a corda não levou a lugar nenhum. Podia ser a usada no crime, mas podia não ser. Era uma corda comum, como a que todo mundo tem em casa pra amarrar os animais.

– Muitos outros devem ter comprado corda naquele mês ou naquela semana.

– Mas nós temos certeza que foram eles. Os Godói e os Siqueira. Todo mundo tem certeza.

– Por quê?

– Se eles prometeram vingança?! E quem mais ali podia fazer uma coisa dessas? Eles eram os únicos valentões. Bandidos mesmo.

– Não é por que eram uns ninguéns sem sobrenome conhecido no lugar? Sem terras?

– Você não entende porque não conheceu o bando. Era gente que vinha e ia, que não respeitava nada, que tomava as coisas como se o mundo fosse deles. Não tinham respeito por ninguém. Todo mundo que mora nesta região se conhece pelo sobrenome. Todo mundo veio de fora, do Rio Grande, de outros lugares, filhos de gente que veio da Itália, na maioria. Mas o certo é que todas as famílias trabalharam muito, e os filhos foram herdando e ampliando as terras dos pais, que tinham herdado dos pais deles. Então a gente conhece as pessoas de hoje e os que vieram antes delas, e todo mundo luta pela sua honra. Ninguém desrespeita porque ninguém quer má fama. A gente tem esse respeito, um pela família do outro. Tem regras, as pessoas obedecem. Eles, não.

Imagina se pode ir a uma festa, comer e encher a cara e não pagar. Quem faz isso? Gente que não tem respeito pela comunidade, pelo trabalho dos outros... porque o que é uma festa de comunidade?

– Era pra construir a igreja nova.

– Isso, pra igreja nova. Mas podia ser pra consertar o telhado do salão de baile, ou pra quadra de esportes, ou pra ajudar alguma família com filho doente, ou pra arrumar o muro do cemitério. Sempre tem alguma coisa. Manter uma comunidade é como manter um clube. Os donos são todas as famílias juntas.

– Quantos sócios tinha a comunidade na época?

– Ah, hoje acho que tem uns vinte sócios, só, umas vinte famílias, e as famílias são pequenas. Os filhos foram embora pra estudar e não voltaram mais. Ninguém mais quer trabalhar na roça. Hoje em dia a roça só dá lucro quando for grande, e pros fazendeiros. Mas no passado dava pra viver bem na roça. Naquela época, o que te digo?, não sei.

– Tinha uns noventa sócios. Era grande. Simões Lopes era importante, na época. E como é a comunidade mais próxima da sede do município, era a que recebia as pessoas que estavam meio perdidas.

– Lembram dos barracos? Hoje construíram casas pra todos aqueles pobres que viviam na beira da estrada, e a assistente social cuida deles. Não podem beber, têm que trabalhar pra manter a casa. Mas naquela época, mais de quarenta anos atrás, viviam em barracos de lona, chegavam de noite, sem ninguém ver, e iam ficando. Um belo dia, cadê aquele que morava ali? Ou tinha sido morto numa briga ou tinha ido tentar ganhar a vida em outro lugar.

– Não dava pra confiar naquelas pessoas. Não participavam da comunidade, não contribuíam. Se ofereciam como empregados arrendados. Trabalhavam por dia, nas colheitas, principalmente.

– Mas os Godói e os Siqueira moravam na beira da estrada?

– Não – disse minha mãe, sem entender a relação que estava sendo feita. – Eles moravam naquela parte que hoje é mato, antes do rio, depois do terreno da Rosa Viani, lembra que te mostrei?

– Lembro. Mas então eles tinham terra?

– Terra, terra, não. Tinham aquele terreno, aquele pedacinho. Não dava pra todos os filhos trabalharem ali. Não dava pro sustento.

– Não participavam da comunidade, não iam à missa, ao culto. Nada. Não eram sócios. Mas as crianças estudavam na escola e tudo. Eram moradores, sim.

– Mas foram crescendo como bandidos. E como não tinham muito trabalho, viviam com os caras da estrada. Andavam pra lá e pra cá procurando confusão.

– E o Silvio Tommasino?

A tia da menina assassinada olhou para minha mãe, alarmada.

– Pode falar, a gente sabe que ele estava envolvido.

– Dizem que ele sabia de alguma coisa. Era amigo desses bandidinhos todos. Estava junto, bebendo, na festa. Mas não mataria a menina. Era vizinha deles! E ele não tinha nada contra o Giacomo. As terras deles faziam divisa. Dizem que era estouradão, que brigava muito com o pai, com os irmãos. Com os teus irmãos também – disse, olhando para minha mãe.

Ela fez uma pausa antes de continuar:

– Sabe uma coisa que ela falou pra mim uns meses antes de tudo acontecer? – disse a tia, olhando diretamente nos meus olhos, como se fosse fazer uma revelação. – Eu perguntei se ela não tinha medo de ir e voltar sozinha da escola, com aqueles bandidos que todo mundo sabia existir ali em Simões Lopes. E sabe o que ela me respondeu? "Pra fazer alguma coisa comigo, tia, vão ter que me matar." E foi isso. Ela não se entregou. Não deixou fazerem nada. Preferiu ser morta. E lutou. O médico disse. Disse que ela foi forte, que ela lutou, que não se entregou. E teve que morrer. Mas foi melhor assim.

Meu avô chegou a Simões Lopes em 1957. Minha mãe tinha apenas quatro anos e era a terceira filha da família. Tinha um irmão e uma irmã mais velhos, depois vieram mais cinco. Um deles, gêmeo com a mais nova, morreu de meningite quando tinha apenas um ano. Lembro dele como "o tio morto", ou "o tio que morreu". Minha mãe tem uma foto dele no caixão, no dia de seu enterro. Era um costume do lugar ou da época fazer fotos das crianças mortas e distribuir como "lembrança" aos amigos e parentes. As lembrancinhas dos recém-nascidos coladas nas portas da geladeira e as lembranças dos mortos nos álbuns de fotos da família.

A família do meu avô tinha se estabelecido em Lageado, no Rio Grande do Sul, desde a geração anterior, vinda da Itália, ninguém sabe dizer exatamente de onde, meus primos pensam que da região do Vêneto, unicamente pelos pratos servidos à mesa. Meu avô e dois de seus irmãos, já casados e com os primeiros filhos, compraram uma colônia de terra em Simões Lopes. Já havia algumas famílias morando ali, entre elas a de um conhecido, com quem tinham negócios no Rio Grande. Carlo Tanzoni. Tinha uma serralheria.

No início, os três irmãos e suas famílias trabalharam juntos, na mesma terra, e moraram na mesma casa. Plantavam sobretudo feijão, milho e trigo. Depois de alguns anos, com as colheitas, cada um comprou sua colônia de terra e construiu sua casa. Um desses irmãos era o pai de Silvio Tommasino. Como era comum naquela época, o pai de Silvio era irmão do pai da minha mãe, e a mãe de Silvio era irmã da mãe de minha mãe. Duplo parentesco. As Becker e os Tommasino.

As terras de cada irmão faziam divisa, formando uma única fazenda. Poucos anos depois, um dos irmãos vendeu sua terra para os Volcato, e a fazenda continuou intacta porque os vizinhos eram grandes amigos.

As desavenças vieram com os filhos já grandes, e quando eu era ainda uma criança, três ou quatro anos depois do crime, as terras dos pais de Silvio Tommasino foram vendidas para um morador do lugar que depois as vendeu ao meu avô e, assim, reconstituiu-se a fazenda. Os Volcato foram embora mais ou menos na mesma época. Me pergunto agora como foi possível viverem ali, como vizinhos, os pais e os irmãos da menina assassinada e os pais e os irmãos de Silvio, e o próprio Silvio, por um tempo curto, acusado de pelo menos saber do crime, tendo sido, até ali, amigo dos que todos diziam serem os assassinos, sem que uns matassem os outros por raiva ou vingança. Como teriam sido aqueles anos?

Na casa dos Volcato as coisas não foram fáceis. A mãe dava todos os sinais de crises de nervos. Tremia, chorava, gritava por qualquer coisa. Não havia quem a fizesse entender que os outros filhos e o marido continuavam precisando comer. Todos os dias ela fazia um esforço enorme para se levantar da cama um pouco antes do sol nascer, acender o fogo, fazer o mate, tirar o leite das vacas, separar o do queijo, que ia logo para o fogão a lenha com um pouco de coalho, e o do consumo, que ia para uma grande bacia, na geladeira. Não havia dia em que não batesse na vaca, que não deixasse derramar o leite no fogo, que não derrubasse uma xícara ou um prato, como se as mãos, antes tão eficientes, não a obedecessem mais.

Cada vez que precisava matar uma galinha para colocar na panela, era o pescocinho da sua filha que se via torcendo, era o sangue da sua filha que molhava suas mãos, e era na barriga da sua filha que enfiava as mãos para arrancar as tripas. Mesmo no meio da manhã, quando olhava a carne cozinhando na panela, via de relance o rosto de sua filha cortado, os pequenos dedos que faltavam ao corpo. Tentava afastar essas imagens que vinham como relâmpagos, então a via no caixãozinho colocado sobre a mesa da sala, onde teriam que se sentar para comer logo mais. Como era bonita a sua filha. Teria feito um bom casamento, com certeza. Teria dado netos bonitos que correriam pela casa. E como estava bonita no caixão, mesmo com o rosto contornado por uma faixa muito branca. Parecia uma pequena freira.

E então a carne queimava e ela ali, alheia na beira do fogão, sem sentir o cheiro, sem perceber a panela já ficando vermelha e, voltando a si, pegava nas mãos a panela queimando e não sentia nada. A mão em carne viva e ela sem a dor da carne se desfazendo em bolhas, em vermelhidão, as lágrimas escorrendo pelo rosto e a garganta sufocada, essa sim, doendo de uma dor que se espalhava pelo peito e apertava, apertava o coração de tal modo que só um grito ou o choro convulsivo a acalmava.

Naqueles meses que se seguiram ao assassinato, os almoços eram silenciosos e a comida, indigesta. Houve dias em que o pai, inconformado com a dor e com raiva da mulher pela comida queimada, virava um prato, jogava um copo de vinho em direção à mulher ou batia no filho que ousasse reclamar da comida. Depois se retirava aos gritos e pontapés, ou, ao contrário, num silêncio angustiado, e ia fazer a sesta para logo depois, sol quente, voltar ao trabalho com o arado ou a enxada.

Era logo depois do almoço, evitando ao máximo se encontrar com o marido, que a mãe, com a vizinha da segunda casa adiante, minha avó, ia levar flores ao local onde a menina foi morta e onde as duas, dia após dia, construíram sozinhas a capelinha. Nela colocaram os santos de sua devoção e iam lá encomendar a alma da filha e afilhada e pedir a ela que não se esquecesse deles e que rogasse por eles junto ao Deus nosso senhor.

O mais difícil era fazer passar a tarde. A hora em que ela foi morta era a mesma em que rezavam na capelinha, revivendo todos os dias a mesma dor, na esperança de que um dia ela viesse a diminuir. A mãe sabia que passou por ali quando os assassinos já estavam com ela. Passou pela filha e não pôde salvá-la, passou a vinte metros de onde estavam violando-a, mutilando-a, e foi procurá-la na escola. Por que não ouviu nada? Não viu nada? Ela se perguntava e não encontrava respostas para como se relacionavam a passagem dela pela estrada e a ação dos criminosos naquela hora.

— Se ao menos tivessem matado a mim. Por que não se vingaram em mim? No meu corpo? Por que a minha filha? – E era a palavra inocente que era a mais dura de expressar e de se ouvir. – Uma menina virgem, uma menina de treze anos!

E a mãe não queria ir para casa, como se ficando ali, de guarda, evitasse a morte já consumada, salvasse a filha em retrocesso. Era minha avó que precisava carregá-la para casa, lembrá-la dos filhos vivos, que precisavam dela e que estavam sofrendo muito, talvez quase tanto quanto ela.

O pai evitava o lugar em que a filha foi morta. Não ia rezar no capitel. Trabalhava mais do que nunca e se afastou da comunidade. Não foi mais à igreja. Se Deus tinha deixado uma coisa tão terrível acontecer com ele, com sua família, com sua filha, não merecia nenhuma oração. Que fossem todos ao inferno. Se desinteressou dos assuntos da comunidade e tentou resumir sua vida ao essencial. Quando as brigas com a mulher se tornaram insuportáveis e os dois assumiram uma raiva mútua, deixou que ela fosse trabalhar fora, de secretária na clínica de amigos da família. O filho mais velho o acompanhava na roça, e aos poucos retomou a convivência com os amigos.

A casa, com a filha mais velha tomando conta de tudo, aos poucos foi voltando ao normal. Mas normal para a convivência íntima. Ninguém, além dos vizinhos da segunda casa, era bem-vindo ali, e só os vendedores desavisados e a polícia ousavam colocar os pés no pátio da casa e bater palmas chamando quem estivesse lá dentro. Somente a filha aparecia. Os vendedores voltavam sem vender nada, e a polícia já sabia o caminho da roça se quisesse ainda encorajar o pai a continuar a investigação.

O irmão mais novo seguiu frequentando a escola, onde, passadas duas semanas, o assunto se tornou proibido. Era preciso que tudo voltasse ao normal. E, pelo menos na escola, durante as aulas, voltou.

No último dia da viagem, conversei com a irmã da menina assassinada, por telefone. Ela disse que o sofrimento foi grande, mas que agora, passados mais de quarenta anos e com ajuda de psicanalistas e psiquiatras, tinha conseguido perdoar tudo e superar a perda da irmã. Mas a mãe não. Ela continua a mesma. Sempre nervosa e aflita, porém resignada. O pai está bem, se tornou um homem triste e fechado, mas está bem. Há anos esse assunto não é mencionado na família e, não, eles não gostariam de me receber para uma conversa. Só iria reviver uma dor que a duras penas tentam esquecer.

Fico de novo paralisada porque acho que ela tem razão, não tenho mesmo esse direito.

Alguns meses depois do crime, Silvio Tommasino foi embora de Simões Lopes. Era impossível viver ali, e, dizem, o pai o proibiu de botar os pés em casa. Eu não me lembro dele, acho que não nos vimos sequer uma vez na minha infância e, quando recordo nossa tia Beatriz, me lembro dela já em outra comunidade, para onde íamos algumas vezes, pois minha mãe gostava muito dela, tinham uma ligação forte. Minha mãe e minha avó estiveram ao lado dela no dia do incêndio em que morreu sua filha. Me lembro de sua casa no alto, por onde se chegava subindo uma grande escadaria. Ficava sobre uma mercearia. Não me lembro do rosto da tia, da existência do tio e de ninguém da casa, apenas da casa.

Era um lugar estranho, envolto em mistério, e, quando criança, eu não sabia por que, era como visitar a casa de um assassino, a casa de gente perigosa. Imaginava esse tio com o facão na cinta. Lembro-me vagamente da ideia infantil de bronquidão. O tio bronco. Os selvagens. Mas minha mãe insiste que aquele tio era pacífico e bom.

Já não sei se na minha imaginação ou se na vida real, aqueles eram homens que inspiravam afeto e terror ao mesmo tempo. Eu gostava de seus braços fortes, do modo como meu avô, principalmente, me tomava no colo logo quando chegávamos, da sua figura magra e sempre cheirando a fumo de rolo, sua risada rouca, a pele macia, os beijos ásperos por seus enormes bigodes. Lembro-me dos bigodes ainda castanhos do meu avô. Ele era assim tão jovem quando eu era pequena? E por que o facão na cinta? Nos domingos ele não usava o facão. Devia ser para a lida na roça e não para matar gente. Mas eu não sabia bem se era assim, porque ele sempre falava que eu era uma menininha muito bonita e que seria pena se tivesse que matar um malandro por quem me enrabichasse. Era sempre a ameaça envolta num sorriso largo. "Nono, eu não vou casar", eu dizia com minha voz infantil e beijava suas bochechas e logo ia para o colo da nona. A doce nona, sempre cheirando ao açúcar das cucas. Lembro-me de ter amado muito essa avó na infância, mas a lembrança desse sentimento também vem ofuscada pelo terror de ver chegando, pela porta da cozinha, o tio mais novo, o que beliscava e arrancava minha roupa para fazer todo mundo rir de mim. O colo da nona não era um lugar seguro. O tio podia me tirar dali e fazer essas brincadeiras horríveis. Lembro-me de que, quando ele não estava por perto, era muito bom encostar meu rostinho no dela, naquela pele macia e com cheiro de açúcar. Mas o amor da infância não me impediu de esquecer minha avó, não impediu que a abandonasse nos seus últimos anos de vida, completamente perdida pelo mal de Alzheimer.

Lembro-me de ir com meu irmão buscar frutas e pequenos animais pelas terras do nosso avô e dos vizinhos. Mas não me lembro, ali, da família de Silvio Tommasino nem dos Volcato. A fazenda se resumia aos avós e aos irmãos de minha mãe e suas famílias. Os outros eram os outros, e também o perigo maior.

Aquele mundo fascinante para onde íamos nas principais festas religiosas e feriados só era fascinante por aquele mistério que eu não sabia de onde vinha, como tinha ganhado aquele ar de coisa perigosa, de coisa proibida. Somente quando minha aluna – uma jovem inocente? – se jogou do décimo primeiro andar do prédio da faculdade de Letras, aquele mundo submerso veio à tona, veio à tona o mistério cuja ponta estava sempre à vista no capitel, por onde obrigatoriamente passávamos a cada visita e que, pela frase enigmática da mãe – "Não me admira se ele não mandou fazer alguma coisa" – preparava a chegada à casa dos avós.

Lembro-me outra vez do avô cortando o fumo com o canivete, sentado na área externa da casa, lembro dos beliscões com os dedos dos pés, lembro do facão na cinta e lembro das discussões sobre política. Não teve nada a ver com o assassinato. Foi a política, foi a visão de mundo que impediu o afeto entre o avô e a neta depois de passada a infância. Ele gostava demais dos capitães.

Penso, agora, que pelo discurso agressivo desses homens todos, é de se admirar que só tenha havido um assassinato. Somente uma menina morta.

Mas os Godói e os Siqueira podem ter matado muita gente. Todo mundo sabe que foi um Moura, associado aos Godói, que matou o Jorge, meu amigo de infância, com um tiro e depois ateou fogo no seu bar. Numa questão, aliás, muito semelhante. Beberam e não queriam pagar. O Jorge exigiu que pagassem. Pagaram. Depois, numa madrugada, foram lá e fingiram o incêndio. Mas o corpo tinha um furo de bala. Na cabeça.

E o Moura continuou a vida. Assim como os Godói e os Siqueira.

Os Godói e os Siqueira têm a mesma história. Ambas as famílias chegaram para trabalhar na estrada e foram ficando, primeiro acampadas, e depois morando em terrenos de outros moradores, cedidos em troca de trabalho na lavoura ou na construção. Soeli Volcato estudava com as irmãs de seus assassinos. Crianças comuns. Algumas delas se transformaram em gente perigosa, sumiram e viraram lenda.

Luiz Godói era o mais velho de três irmãos e duas irmãs. Costumava trabalhar com o pai e o irmão mais próximo na idade, Vilmar, nas chamadas empreitadas, pedaços de terra para capinar ou lavrar ou plantar ou fazer a colheita. Uma empreitada era calculada por pedaço de terra mais dias de trabalho: uma semana, geralmente. Pagava-se por dia de trabalho ou então pelo serviço completo. Um proprietário pagava esses trabalhadores para roçar seu potreiro, por exemplo. Os Godói aceitavam o serviço por um valor fixo e, se associando aos Siqueira, faziam rapidamente o trabalho, estando prontos para pegar uma nova empreitada, um novo serviço.

Do mesmo modo que o trabalho na lavoura, havia o de construção de casas, paióis, muros, salões de festas e assim por diante. O pai de Luiz Godói era sobretudo um bom pedreiro. E iniciou os filhos nesse trabalho. Ali, todo mundo tinha conhecimento rudimentar de pedreiro e trabalhador na lavoura. Alguns eram os mestres de obras, os que assumiam e se responsabilizavam pelos trabalhos. Estes eram sempre os pais, os mais velhos. Restava aos filhos seguir os passos dos pais.

Do velho Godói se dizia que era bandido. Nada se sabia dele em particular. Mas o fato de ter chegado a Simões Lopes sem antepassados e sem história alimentava as mais variadas expectativas, e, a partir da personalidade erradia dos filhos, foi-se construindo a lenda do passado do pai. Dizia-se que ele tinha sido preso por oito anos, por assalto à mão armada, não se sabia direito em que cidade do Sul, se no Rio Grande ou em Santa Catarina, mas os parentes dos Tommasino, vindos de longe, sempre traziam consigo alguma notícia desse assalto e da prisão, às vezes variando a cidade. Aos poucos a história rendeu, e dizia-se que o velho tinha matado um homem na prisão. Se alguém perguntasse como, então, tinha sido liberado em oito anos de um assalto à mão armada, com o agravante do assassinato, comentava-se que talvez tivesse matado esse homem no assalto, e não na cadeia. Mas aos poucos o que foi se firmando era a certeza de que se tratava de um homem que já tinha matado outro homem e que, portanto, sempre poderia matar. Como se uma morte alimentasse outra. Ou como se, atravessando-se a fronteira do primeiro assassinato, era certo que o homem passasse a matar de forma gratuita, sem um controle moral ou legal que fizesse alguma pressão ou barreira. E a crença de que os filhos saíram iguais ao pai também foi se firmando. Com a fama de valentes brigões se espalhando de bar em bar, não foi difícil construir aquele passado do pai, na época já um senhor pacato, pouco dado a qualquer tipo de conversa, homem de poucos amigos. Suas palavras eram mínimas, somente as necessárias para pedir ou aceitar uma empreitada e combinar seu preço. Já os filhos falavam demais, todo mundo dizia. Espalhavam sua valentia por todos os cantos, pelas comunidades vizinhas, e cada segunda-feira se iniciava com o relato de uma briga, de um corte de facão ou um vergão feito nas costas de alguém.

O irmão mais novo dos Godói teve sua sorte ligada à do pai, mas no lugar de cadeia, encontrou a morte. Vários anos depois do assassinato de Soeli Volcato, foi morto num assalto à mão armada. Esse episódio deu força à lenda sobre o passado paterno, e a partir daí estiveram confundidas as sortes de pai e filho. Dos outros irmãos nada se diz, nada se sabe. O único imortalizado pelo assassinato da menina de treze anos que voltava da escola foi o mais velho, Luiz, lembrado até hoje com bastante asco pelos moradores da comunidade com quem consegui conversar. De rapaz brigão a assassino perigoso, ele recentemente reapareceu, depois de trinta e cinco anos de sumiço, como simples trabalhador da estrada de terra ganhando capa de asfalto. Um homem comum, sem passado, a não ser ali, onde a memória da dor e do ultraje permaneceram presentes todo esse tempo.

Gostaria muito de falar com esse homem, estender-lhe o copo de água que ele reclamou na área dos meus tios e ter uma conversa franca – de homem para homem, de humano para humano – para saber de sua pobreza e de sua maldade passada. Mas as pessoas que vivem naquelas comunidades do interior, meus pais, meus irmãos, meus tios, os parentes da menina morta, meus vizinhos, não têm tanto otimismo sobre a parcela de humanidade que poderia habitar aquele homem e não compartilham da leveza – seria ingenuidade? – quando imagino os homens não como potenciais assassinos, mas como velhos redimidos ou vítimas de eternos mal-entendidos. Se houve uma coisa que percebi em minha viagem de investigação foi o medo real das pessoas quando se pronuncia os sobrenomes Godói e Siqueira. E, em alguns casos, o nome completo Silvio Tommasino. Para eles, a história nunca passou, eles ainda a vivem como potencialmente presente, e o perigo que ronda as palavras ditas sobre o caso é tão real como a pele que queima ao sol da tarde de verão naquelas estradas de terra.

Sobre os Siqueira se sabe ainda menos. Há uma história sobre uma mulher extremamente bonita que era vigarista. Como essas dos filmes ou dos romances do século XIX. Uma mulher bonita que entrava numa joalheria uma, duas, três vezes sozinha, via, namorava mesmo uma joia cara e depois apresentava o marido ou amante ao gerente, com uma arma em punho. Era a joia ou a vida. Os dois teriam aplicado esse golpe ou feito esses assaltos de cidade em cidade até ficarem conhecidos e, portanto, reconhecíveis, então se instalaram em Simões Lopes, um lugar e um tempo sem TV local, apenas uma rádio, e sem a mínima noção da existência de jornais escritos. Qualquer informação a divulgar sobre eles seria pela palavra falada: uma testemunha saída ou chegada para visitar um parente ou o rádio. Era um lugar atraente e seguro. A única informação a circular seria a da fofoca e demoraria a interessar algum policial ou delegado de província.

Depois de se estabelecerem ali e viverem anônimos por um par de anos, marido e mulher teriam começado a brigar, e, da noite para o dia, a mulher foi embora. Foi assim que Antenor Siqueira, mesmo um pouco mais velho, se tornou o grande amigo de Luiz Godói, e, depois de experimentarem a dupla em brigas nas festas, passaram a trabalhar juntos, e o resto da família Siqueira foi chamado a fazer morada ali. Num terreno cedido por um rico proprietário do lugar, Alberto Morgari, que anos mais tarde seria prefeito de Coronel Freitas, estabeleceram-se num pequeno barraco que, logo, foi sendo substituído por uma casa com porão. Os Siqueira, como passaram a ser chamados, também trabalhavam de empreitada. A família era formada pelos pais e por três irmãs de Antenor, todas solteiras, e dizia-se que havia outro irmão morando numa cidade que ninguém sabia ao certo qual era.

O pai de Antenor tinha fama de valentão em casa, espancando as filhas e a mulher depois de suas bebedeiras. Todos lembram que Antenor sustentava um enorme desprezo pelo pai e que era ele, na verdade, o chefe da família. Que, no fundo, era um homem bom, nunca tinha matado ninguém, tinha sido sobretudo um golpista menor, sob a influência primeiro da mulher, depois dos Godói. O que mudou sua fama foi o assassinato da menina. Nessa época, Antenor Siqueira e Luiz Godói eram unha e carne, não faziam nada sozinhos, e, nas brigas, ele podia funcionar como aquele que colocava fim na quebradeira ou como aquele que livrava o amigo de qualquer golpe fatal, sendo-lhe sempre fiel e, ao mesmo tempo, o mais sensato dos dois. Se alguma prova apontava para Luiz Godói, Antenor Siqueira estava envolvido. E no caso de Soeli, não houve piedade, sensatez ou equilíbrio. Houve barbárie. Até hoje a comunidade rende aos dois temor e desprezo.

Nunca se soube o paradeiro ou a sorte de Antenor Siqueira depois do assassinato. Tanto os Godói como os Siqueira foram embora de Simões Lopes como chegaram. Da noite para o dia. E deles só ficou a história. De todos os modos, Antenor Siqueira é tido como um personagem menor, como um simples coadjuvante, enquanto Luiz Godói, talvez por ter recentemente voltado à região, é lembrado como o verdadeiro assassino de Soeli Volcato.

Como um post-it, me aparece sempre a frase de Borges, seja pela boca de Cervantes, seja pela boca de Pierre Menard: "A história é mãe da verdade". Aqui, ela ganha um sentido novo, bifurcado, para mim.

2

Vinte e um de agosto de mil novecentos e oitenta e um. Silvio Tommasino diz a suas irmãs, Marta e Anita, que não se levantem da cama. Hoje não devem ir à escola. Anita pergunta por quê, se lembra da prova de matemática, sabe que não sabe nada, volta a cabeça para a parede e dorme outra vez, satisfeita em deixar para pensar na nota e na justificativa da falta depois. Mas Marta quer ir. Tinha combinado com a amiga Soeli que ela se sentaria à sua frente e, boa como era, faria sua prova primeiro, a passaria para trás e depois faria outra vez a prova em branco da amiga. Depois Marta Tommasino assinaria pomposamente e mudaria um dos resultados para não dar na vista com um dez que o professor sabia que ela não alcançaria nunca. Bastaria um sete. Oito, talvez. A primeira nota do ano que não viria em vermelho. Levantou-se e foi perguntar ao irmão o motivo de não irem para a escola. Ele apenas mandou que voltasse a dormir, ríspido. Que não saíssem de casa hoje!, disse, calçando as botas, pegando a motosserra e sumindo na estrada de terra. Ia lá para perto da ponte, no outro extremo das terras da família, dar um jeito nas bergamoteiras velhas.

Era quase meio-dia quando Silvio Tommasino acabou de derrubar os grandes galhos da segunda bergamoteira. Duas árvores velhas e frondosas que há anos davam as bergamotas mais doces, porém pequeníssimas. Nada que enchesse os olhos. E ele havia plantado uma fileira de árvores novas que já estavam em época de dar frutos. Não era fácil derrubar sozinho uma árvore. Se simplesmente serrasse o tronco de uma vez, ela poderia cair para qualquer lado, e era preciso que, primeiro, não caísse sobre o serrador e, segundo, que caísse na estrada, sem esmagar as árvores à volta. Seria necessário subir na árvore com a motosserra pesada e serrar os galhos de ambos os lados primeiro. Depois a parte contrária à estrada, a leste, e só depois descer e serrar o tronco de cima para baixo, de leste a oeste. E então a árvore cairia no lugar que se desejasse, no caso, a oeste. Depois ainda deveria serrar o tronco e os galhos maiores para colocar na carroceria do trator e levá-los para casa. Faria isso somente à tarde. Serviriam como lenha quando secassem. Deu como desculpa para a derrubada a enorme sombra que as árvores velhas faziam às árvores novas, impedindo, temia ele, que produzissem os frutos mais grossos, que, estes sim, encheriam os olhos de quem passasse ali, ficando tentado a colher algumas bergamotas. Queria as mais bonitas, só pelo prazer de dar inveja aos vizinhos. Podia ser que vendesse algumas para os mercados de Coronel Freitas.

Passava do meio-dia quando Silvio foi para casa almoçar. A estrada estava coberta de galhos grossos e folhagens. Se alguém precisasse passar pela ponte alta, teria que esperar até o meio da tarde. Melhor que desviassem pela ponte velha, a baixa. Menos de um quilômetro de desvio, uns oitocentos metros a partir da encruzilhada onde estão as árvores derrubadas.

Um caminho alternativo natural, todos sabiam. Era o caminho antigo, de antes da construção da ponte nova. E não havia perigo, ainda era usado por todos, dependendo do lugar a que se quisesse chegar. O novo só era melhor para quem voltava da escola ou da igreja e quisesse chegar aos Volcato e aos Tommasino. Mas os próprios Volcato e Tommasino usavam o antigo muitas vezes, para evitar a ladeira. A vantagem do caminho antigo, para o caso de se desejar cometer um assassinato ou um simples estupro: não havia casa alguma nesses oitocentos metros. Só o capim alto e as vassouras, cada um de um lado da estrada. E, entre o meio-dia e as duas da tarde, todo mundo estava em casa almoçando e fazendo a sesta. Na estrada não se ouviria um pio.

Na manhã do dia vinte e um de agosto de mil novecentos e oitenta e um, Luiz Godói acordou cedíssimo, antes das seis da manhã, tomou o mate com sua mãe ao redor do fogão de lenha e depois ficou cortando fumo com o canivete. Fez um bom punhado, que daria para aquele dia para si e para o pai. Tinha trazido um rolo no dia anterior, quando foi comprar corda no armazém para puxar um tronco que estava no rio, vindo da última enchente, e que podia ser útil como pinguela lá para os lados do Moura, onde o rio era mais estreito, ou, talvez, como lenha. Estavam sempre precisando alimentar o fogo, fogão sempre aceso, dia e noite, no inverno. Qualquer braçada de lenha custava um bom preço, e há tempos os donos das terras não deixavam mais simplesmente recolher os galhos secos. Nos últimos tempos, aliás, tinha-se que ter cuidado ao desmatar, as árvores passaram a valer uma pequena fortuna, e todos estavam plantando eucalipto para servir de reflorestamento e depois substituindo a madeira de lei no fabrico de móveis e sei lá o que mais. O certo é que a madeira valia. Não se poderia deixar que apodrecesse no rio. Luiz picava o fumo com parcimônia, pensando em coisas vagas, olhar fixo, se via, era para além do fumo que cortava. Como se cortasse outra coisa, observou a mãe. Via-se o prazer sádico daquela labuta. Sua mãe ofereceu mais mate, mas seu pai já havia se levantado e reclamava para si a cuia. Só iria para a bodega às 10 horas, antes era inútil, não encontraria ninguém. Perto do meio-dia chegavam os homens sem trabalho e alguns velhos, para jogar uma partida de baralho antes do almoço e negociar algum terreno para capinar, alguma colheita ou plantio ou um serviço de construção. Era preciso estar atento e negociar direito o trabalho e o preço. Desde que tinham se associado aos Siqueira, o trabalho ia melhor, rendia mais porque não precisavam baixar o preço na concorrência e pegavam o dobro de trabalho, levavam menos tempo pra dar conta de tudo. Foi uma boa associação. Os rapazes das duas famílias se davam bem e tinham força. Tirando os finais de semana, quando se embebedavam e ficavam imprestáveis, nos dias de semana eram bons trabalhadores. O pai não tinha de que se queixar.

Os filhos vinham adquirindo fama de valentões, mas isso era bom para os negócios. Meter medo na italianada impedia que quisessem baixar demais o preço do seu trabalho.

Luiz comeu as fatias de polenta sapecada na chapa do fogão que a mãe ia jogando sobre a mesa, acompanhadas de queijo e uma xícara de café com leite. Naquele friozinho da manhã, o café descia bem. Todos os irmãos já estavam de pé, e cada um tratava de se arrumar para a lida do dia. Os mais velhos iam encontrar os Siqueira para trabalhar numa roça distante até o meio-dia. Pretendiam acabar o serviço naquele dia. Botas de borracha, facão na cinta e enxada no ombro. Iam assim quando Luiz avisou que ia fazer outro serviço primeiro. Puxar o tronco do rio. Pegou a corda nova e desviou do caminho. Eram passadas as 9 horas quando chegou à roça e, em silêncio, tratou de fazer sua parte.

Antenor Siqueira acordou indisposto no dia vinte e um de agosto de mil novecentos e oitenta e um. Um dente doía desde a noite passada, e o rosto estava inchado. Sentia latejar o maldito e pensou em arrancá-lo com a torquês. Mas era um dente quase na frente. Um pré-molar. Se sorrisse dava para ver o buraco. Ia ficar imprestável com as garotas. Teria que matar a raiz com as ervas da mãe, sem comprometer o dente, aguentar uma semana dessa dor infernal. Olhou para o pequeno espelho do banheiro. Examinou a boca por dentro. Estava muito vermelha, e parecia que ia estourar uma ponta de pus. Mas o pai nao dava o tempo suficiente para analisar o estrago e esmurrava a porta do banheiro, dizendo que ia botar tudo abaixo se o filho não abrisse a tramela naquele instante mesmo. O que Antenor fez com relutância. De passagem, levou um murro no estômago e caiu sentado na latrina. Levantou rápido, antes de receber o jorro de mijo do pai, quente e fedido. Qualquer dia desses mataria esse velho inútil.

Foi à cozinha para tentar comer alguma coisa, era impossível puxar o mate pela bomba quente, mas, fazendo um amassadinho com a mão, podia colocar no fundo, à esquerda na boca, uma bolinha com polenta e queijo meio frios. Comeu devagar, apesar da pressa, precisaria estar forte para o maldito trabalho do dia, e ainda tinha aquele compromisso com o Luiz Godói ao meio-dia. Justo hoje, com o dente doendo tanto, tendo dormido mal, comido pouco e com o desaforo do pai.

Quando o pai entrou na cozinha, Antenor Siqueira se levantou, baixou a cabeça e saiu porta afora. Só então cuspiu para o lado o nojo do pai. Calçou as botas de borracha, uma e depois a outra, sem se sentar, apenas precisando ajustar o calcanhar. O pé deslizava fácil para dentro. Colocou o facão na cinta e se lembrou do chapéu que, na pressa, tinha deixado no banheiro, sobre o bidê. Gritou que alguma criança fosse buscá-lo, e rápido, estava atrasado. Recebeu o chapéu, colocou na cabeça, pegou a enxada e foi pela estrada de terra.

Foi o primeiro a chegar à terra por capinar. Mas que preguiçosos, esses Godói. E cadê seu pai? Se ele tivesse vindo também, tudo seria mais fácil. Vai ver era por isso que ele sempre se adiantava, para que não falassem nada que pudesse desaboná-lo. Afinal, ele estava sozinho, e os outros, em três. Tudo bem que ganhava somente pela sua parte, mas seria mais difícil se os Godói o dispensassem. E aquele seu pai de merda. Sentou numa pedra e ficou esperando os outros. Não queria começar sozinho, não ganharia nada com isso, e o dente doía. Arrancou um raminho de capim e se pôs a mascar para ver se acalmava um pouco a dor. Quando o outro chegou, fazia meia hora que já estava capinando devagar.

– Cadê o Luiz?

– Foi puxar o tronco no rio.

– Mas que imbecil. Não vai conseguir sozinho. Foi lá só para contar vantagem. Eu disse que ia com ele ao meio-dia.

Então os dois baixaram a cabeça na capinagem e só voltaram a olhar o horizonte passadas as 9 horas, quando o Luiz chegou dizendo que não tinha conseguido retirar o tronco do rio.

Ao meio-dia, puseram a enxada nos ombros e foram almoçar. O Luiz e o Antenor pegaram o caminho do rio.

Soeli Volcato sempre acordava com sono. Naquele dia vinte e um de agosto de mil novecentos e oitenta e um não foi diferente. Lembrou-se logo da prova de matemática e que tinha prometido ajudar a Marta Tommasino. Sua mãe tinha feito pão no dia anterior, e o cheiro ainda enchia a cozinha. Estava muito frio para tomar banho àquela hora. Ainda bem que tinha tomado um completo, cabelo e tudo, na tarde anterior. Colocou a roupa do uniforme, as meias, sentia frio nos pés, e os tênis Bamba quase novos. A saia era grossa, ainda bem. Por cima da camiseta branca, colocou o pulôver creme, e não sabia se seria preciso ou não levar a jaqueta grossa. A mãe disse que não. Ela se aqueceria no caminho e seria um peso na volta, com o sol quente do meio-dia. Ela tinha o ensaio de boneca viva, se atrasaria um pouco para o almoço. Era sexta-feira, pediu que a mãe deixasse duas panquecas grandes para ela no forno. A mãe disse que havia mudado o cardápio, a madrinha da menina tinha aparecido no dia anterior com uns bifes frescos, tinham matado a novilha. O bezerrinho estava atravessado na barriga e a mãe ficou a noite inteira de quarta berrando. Não tiveram remédio, mataram a vaca e salvaram o bezerro. Era uma pena, porque era uma vaca nova, daria bastante leite. Mas não tinha jeito. Melhor matar e aproveitar a carne do que deixar que morresse com o bezerro atravessado. Faria os bifes com arroz branco e salada.

Tomou o café com leite e comeu pão com nata. Adorava pão com nata. O irmão e a irmã mais velhos e o pai comeram polenta sapecada com queijo para encher a barriga. Iam trabalhar até o meio-dia. O irmão menor, de oito anos, brincaria um pouco e ajudaria a mãe nos serviços da casa. Iria para a escola à tarde. Que pena, seria uma boa companhia para o caminho longo. Odiava caminhar sozinha no inverno. Na primavera até que era bom, dava para seguir as pegadas dos pássaros na poeira da estrada, colher alguma flor, ver qual árvore florida era a mais bonita. Pensou nas bergamoteiras da beira da estrada. Se ainda tivessem alguma fruta, ia pegá-las na volta. Era bom chupar os gomos e assoprar para longe as sementes.

Abriu a mochila, verificou o material, se o irmão não tinha quebrado as pontas dos lápis ou roubado a caneta Bic ponta fina. Estava tudo lá. Guardou o pote de bolachas de açúcar de cana para o recreio, colocou a mochila nas costas, deu um beijo na mãe e um beliscão na bochecha do irmão e foi pela estrada.

Depois se perguntou por que estava tão contente. Nunca beijava a mãe. Não eram muito de beijos. Pensou que era uma das meninas mais bonitas do lugar, ia desfilar de boneca viva com um vestido novo, cheio de detalhes prateados, e usaria salto alto pela primeira vez na vida. No último mês tinha virado mocinha, e até que a primeira menstruação não era tão ruim assim. Nada tinha doído, nem a cabeça, nem a barriga, e, tirando o incômodo de trocar o paninho sujo de sangue, não era nada. Está certo que não dava para jogar futebol naqueles dias, mas de resto se sentia igual a antes. Virar mocinha não era nada. Que não viessem falar em rapazes e casamento. Não estava disposta a isso. Seria livre, estudaria para ser professora e iria morar em Coronel Freitas. Quando acabasse o ensino médio, adeus interior.

Caminhou sem pressa para a escola, sem saber que aquela seria a última vez que passaria por aquela tão conhecida estrada de terra.

Vinte e um de agosto de mil novecentos e oitenta e um. Meio-dia.

Sobre a plataforma improvisada, a menina de treze anos ensaia os passos com os sapatos de salto alto. Era preciso andar devagar, mas não muito, com estilo, e não era nada fácil se equilibrar sobre os saltos. Ela parecia insegura, e a professora tinha medo que virasse o pé, que caísse, e então o desfile seria um fracasso. Seu fracasso. O ensaio deveria cuidar da intimidade entre a menina e os saltos. Só isso.

O mais difícil era ensaiar com os saltos e com a música. *Bette Davis Eyes*. A menina tinha escolhido aquela música, e a professora gravou na fita a partir do programa favorito de todas as garotas da escola, a hora inteira, sem comercial, de música internacional da Rádio Continental FM. Todas as meninas de repente tinham os olhos de Bette Davis. A garota entraria na passarela, abriria ligeiramente as pernas e ficaria parada por alguns segundos. Então começaria a música e ela andaria até a parte da frente da passarela. Tinha que sincronizar, porque a professora queria que ela estivesse bem na frente dos jurados quando Kim Carnes cantasse pela segunda vez

> *She's got Bette Davis eyes*
> *She'll turn her music on you*
> *You won't have to think twice*
> *She's pure as New York snow*
> *She's got Bette Davis eyes*

Ela devia caminhar no ritmo da música, mas não como uma coloninha de Bamba. Tinha que ser aquela menina inocente que ninguém viu mas está virando mulher. Todo mundo conhecia a música, não parava de tocar no rádio, mas ninguém sabia a letra e muito menos o que significava. A música daria um clima ao desfile, a professora não conseguia imaginar outra menina para ganhar aquele concurso. Com aquela música, a sugestão para perceber os olhos, a promessa da menina! Tinha certeza de que iria dar certo. Mas ela precisava aprender a usar os saltos. Fazer a parada com as pernas abertas – sem parecer uma roceira, pelo amor de Deus! – e sair dessa parada com energia, olhando para a frente e cruzando um pouco as pernas.

Era perfeito. Na segunda vez que se ouvia *She's got Bette Davis eyes*, a música baixava e ficava de fundo para a fala do locutor, que apresentaria Soeli Volcato. A professora gravou a fala que tinha escrito para ter uma noção perfeita do tempo usado e controlar o momento em que a música explodiria outra vez e a menina sairia da passarela com

All the boys think she's a spy
She's got Bette Davis eyes

A maior parte da música ficaria escondida com a apresentação: "E concorrendo por Simões Lopes, Soeli Volcato, treze aninhos de pura simpatia, um metro e cinquenta e oito de altura, e ainda vai crescer!, quarenta e sete quilos, cintura: sessenta centímetros; busto: oitenta centímetros; quadris: oitenta e dois centímetros. Calça sapatos das casas A favorita de número trinta e seis, e o vestido é uma cortesia das casas Pernambucanas. Primeira aluna da escola, gosta de estudar, ouvir música e brincar com os irmãos. Ajuda sua mãe nos afazeres domésticos e quando crescer quer ser veterinária. Ou professora. Adora cuidar dos animais, um gatinho branco é seu melhor amigo, mas também gosta de ensinar as amigas, matemática, principalmente. Está aí, gente: bonita, simpática e inteligente, Soeli Volcato pede o voto dos jurados". A música volta alta.

And she'll tease you
She'll unease you
All the better just to please you
She's precocious and she knows just
What it takes to make a pro blush
All the boys think she's a spy

E então ela precisa se lembrar de fazer aquela pose, pernas ligeiramente abertas, olhar provocante diretamente para o público *She's got Bette Davis eyes* e a mão direita aberta se movendo na frente dos olhos da esquerda para a direita até o braço ficar totalmente esticado. Ela se vira e sai de cena numa atitude de vencedora.

Quase uma hora de ensaio, mas ficou perfeito. Estavam exaustas e com fome. Soeli pegou a mochila e foi correndo para casa. Sua mãe já devia estar preocupada. A dona do armazém acenou para ela quando passou, Rosa Viani estava gritando com os filhos, era para fazerem silêncio na hora da sesta! Que fome, Soeli apurou ainda mais o passo, mas quando chegou perto da ponte viu que não daria para passar por ali, alguém tinha derrubado as duas velhas bergamoteiras, mas por que alguém faria uma coisa dessas? Eram tão doces! Está certo que pequenas, feinhas, mas eram árvores tão boas, sempre cheias de passarinhos bicando as frutas, adorava passar por ali, o cheiro era tão bom. Mas não havia jeito, ia ter que pegar a estrada mais longa, pela ponte baixa. Mas que droga, justo hoje que estava atrasada e com fome e cansada. Ah, mas o ensaio foi tão bom, e aquela música *She's got Bette Davis eyes*, ia ouvir de novo e de novo e de novo quando chegasse em casa. E hoje comeria os bifes com arroz branco. Que delícia. Tomara que a mãe não tivesse fritado o dela, gostava mal passado, feito na hora de comer e colocado pingando sobre o arroz branco. Se a mãe deixasse, não comeria a salada hoje. Não queria estragar o prazer do bife suculento com aquelas folhas de alface embebidas em vinagre. *And she'll tease you, She'll unease you, All the better just to please you*. Precisava estudar inglês, sua pronúncia não era boa o suficiente, e onde poderia ver um filme de Bette Davis? A professora tinha explicado que ela era atriz de cinema. Seria bonita? Quem sabe quando fosse morar na cidade, lá as pessoas podiam ver esses filmes, pode ser que até lá em Coronel Freitas pudesse ter um cinema. Mas quando saísse de casa ficaria com saudades dos pais e dos irmãos. E se o pai não deixasse ela sair de casa para estudar? Hummm, tinha ido bem na prova de matemática. A Marta não foi para a escola. Perdeu a prova. Melhor. Ela podia esquecer de mudar as respostas. E se o professor descobrisse tudo e falasse para o pai? Ele me tirava da escola. Isso já não ia acontecer. Mas a Marta está ferrada. Por que faltou à aula? Estaria doente? Será que o pai vai me deixar estudar na cidade? Ah, deixa sim, deixou até desfilar. Ia pedir para sua madrinha falar com o pai, se precisasse. A vida não podia ser só essas estradas de terra, em outros lugares havia cinema, gente cantando nas ruas, *She's got Bette Davis eyes*, mas o que querem aqueles dois ali na frente, parados na beira da estrada? Eles que não mexam comigo, para fazer qualquer coisa comigo vão ter que me matar...

Passava das 13 horas do dia vinte e um de agosto de mil novecentos e oitenta e um. A mãe fritava os bifes na chapa quente para a filha que já devia ter voltado da escola e ao mesmo tempo gritava com o menino mais moço que fosse logo para a aula, senão ia chegar atrasado! O menino resmungou que a irmã ainda não tinha chegado, e ele só saía depois que ela chegasse, todos os dias. Já estava tudo arrumado. A mãe lembrou ao menino que aquele não era um dia normal, a irmã tinha um ensaio e chegaria depois da hora de sempre. Que fosse, rápido, senão seus amigos iriam sem ele. Se é que já não tinham ido.

A mãe se impacientava. Do menino só se viam as pegadas na poeira da estrada de terra, tinha saído correndo de mochila nas costas. A menina não chegava, e aquele bife que não passava! Já tinha virado uma vez e continuava sangrando... ou será que não tinha virado o bife? Estava tão aflita! Mas não havia motivo. Ela tinha avisado, ia ensaiar. E sabe como são as meninas dessa idade, se perdem brincando por aí. Mas ela devia já ter voltado, adora o programa de música no rádio, não ia ficar de conversa e esquecer o programa. Agora, sim, tinha certeza de ter virado o bife! O fogo apagou? Não, a chama continua forte, e nada do bife ficar pronto.

A mãe lavou a louça do almoço e fez o mate. Depois deu um jeito na cozinha. A hora tinha passado e a filha ainda estava na escola. Logo o marido se levantaria da sesta e ia querer o mate antes de ir para a roça. Achou melhor chamar o marido e dizer que a filha não tinha voltado. Mas sabia o que aconteceria, a menina ia apanhar quando chegasse por ter deixado a mãe preocupada. Vai ver era só um atraso bobo. Ficaram ensaiando e perderam a hora. Que pena que sua outra filha tinha ido para Coronel Freitas, na costureira, com o ônibus do meio-dia. Senão ia mandar que fosse ao encontro da irmã. O mate estava pronto, tomou uma cuia e olhou desgostosa para o bife. O marido já estava de pé outra vez. Pegou a cuia e perguntou onde estava a Soeli. A mãe, sem esconder o nervosismo, disse que a filha ainda não tinha voltado.

Mas como não tinha voltado? Isso eram horas de estar ensaiando aquela bobagem? Não devia ter permitido que desfilasse. Que coisa boba. Mas ela queria tanto... E a professora tinha insistido. Estava tão bonita, a sua menina.

Ele ia para a roça, queria acabar de colher o milho. Chamou o filho mais velho, que já estava pronto, e não quis o mate.

O filho e o marido já subiam o morro quando ela decidiu que algo estava errado, eram quase duas da tarde, e a filha deveria estar em casa. Colocou o chapéu e foi buscá-la na escola. Ia pelo caminho sem ver nada, como uma flecha. Logo depois da ponte alta viu as bergamoteiras no chão. Mas que idiotice, pensou. Davam frutas tão doces. Teria que dar a volta, não dava para passar por ali.

Já estava quase chegando à igreja. Viu a Gemma Baldini na janela e perguntou se tinha visto sua filha. Ela disse que sim, mas a mãe não quis ouvir isso, era mau sinal. Ela devia ter se enganado, porque se tivesse passado por ali já estaria em casa. Não podia retroceder, foi ver o que tinha acontecido na escola, se ela tinha falado que ia passar na casa de alguém.

– Só se ela foi pelo caminho mais longo e nos desencontramos – gritou para Gemma Baldini com o coração batendo forte, não sabia se de alegria porque a filha devia estar em casa àquela hora ou se de raiva por tê-la feito passar por tanta aflição.

Enquanto a mãe ia, em sua obstinação, até à escola, Gemma Baldini e sua vizinha, a Rosa Viani, foram pela estrada para ajudar a procurar pela menina. Chegaram até as bergamoteiras na estrada e só então entenderam o que a mãe da menina tinha dito, aos gritos, da estrada. Teriam que dar a volta. E foram, chamando pelo nome da menina, e todo mundo saía à porta e se juntava na procura. Só a mãe acreditava que a menina já tinha chegado em casa.

– Ela saiu daqui justo à uma da tarde – disse a professora. – Estava preocupada com a hora, saiu apressada. Queria ouvir o programa da rádio. Já devia ter chegado, já passa das duas. A professora não podia ajudar, mas não devia ter acontecido nada. Ofereceu um copo de água para a mãe e disse que voltasse para casa, sua filha devia já ter chegado. Ainda mais se a estrada estava fechada pelas bergamoteiras. Com certeza haviam se desencontrado.

A mãe saiu com grande pressa, o coração aos pulos. Pensava que aquele sangue que vertia do bife devia ser um sinal. Um mau sinal. A professora ficou nervosa, olhou para o irmão da menina, que fazia a lição alheio a tudo, e desejou que tudo estivesse bem. Iriam ganhar aquele desfile!

Depois da ponte velha há uma pequena subida de estrada de terra, com muitas pedrinhas, as duas mulheres que iam rápidas na busca tiveram que desacelerar o passo e recobrar o fôlego. Depois da subida, andaram por uns quinhentos metros na estrada cercada de capim alto de um lado e de vassoura do outro. As duas pressentiam que algo ia mal, tinham uns arrepios, e se deram as mãos. Notaram o capim amassado, meio pisado no lado direito da estrada. Teriam coragem de entrar ali? De olhar, de descobrir o que imaginavam que podia mesmo ter acontecido? Não era possível.

Duas da tarde do dia vinte e um de agosto de mil novecentos e oitenta e um. Meu avô já estava plantando o milho na terra arada na semana anterior, enquanto minha tia mais nova ia arrancando as pestes que haviam nascido aqui e ali ou tinham ficado para trás entre os discos do arado. Num momento em que levantou a cabeça e olhou longe, ao redor, hábito que tinha adquirido ainda jovem e que era seguido por todos os filhos, meia hora ou mais, de cabeça baixa, concentrado na sua tarefa, e então o rosto em direção ao sol, o olhar abrangente, que abarcava tudo e permitia descansar, por alguns segundos, daquela concentração anterior –, quando meu avô levantou a vista, viu que vinha alguém em sua direção. Baixou a cabeça e continuou plantando mais um pouco, até o homem chegar. Era subida, ele demoraria uns dez minutos. Não chamou a atenção da minha tia, mas sabia que algo não ia bem, para irem buscar por ele na roça. Teria acontecido alguma coisa em casa? Ou com algum vizinho? Quando calculou que o homem já estava chegando, levantou outra vez a cabeça. Era o João Peruzo e trazia um boné branco nas mãos.

– A filha do Volcato não voltou pra casa e eu achei o boné dela. Será que você não desce comigo pra ajudar a procurar lá nas vassouras? A terra é sua, e é bom ir em dois.

Meu avô largou a máquina de plantar e disse à filha que continuasse a limpar a terra, ele logo voltaria. Que não se assustasse, não era nada.

Minha tia ficou trabalhando sozinha, magoada com o pai. Como podia deixar que ficasse ali sozinha? Se alguém aparecesse, podia fazer o que quisesse com ela que ninguém ouviria. E estava claro que alguma coisa terrível tinha acontecido. Se a menina perdeu o boné era porque alguém tinha feito alguma coisa, foi sequestrada, no mínimo. Ela podia estar morta ou bem machucada.

E se fizessem o mesmo com ela? Por nenhum momento o pai se preocupou com isso. Ela ia ficar o mais abaixada possível, que ninguém suspeitasse que ela estava sozinha num lugar tão distante de tudo.

Os dois homens desceram quase correndo o morro, mas não era tão fácil chegar, porque, entre o lugar onde estava o boné e o ponto onde eles se encontravam, havia o rio. Teriam que dar a volta e passar pela ponte. Estavam ofegantes quando passou o caminhão da cooperativa, que ia entregar ração para os porcos de um dos moradores da comunidade. Meu avô fez sinal ao motorista e pediu carona. Quando viram o capim pisado e meio revirado no lado direito da estrada, bem perto de onde o João Peruzo tinha encontrado o boné da menina, os três homens desceram do caminhão e, sem titubear, entraram no capinzal. A uns vinte metros, encontraram a menina. Estava nua da cintura para baixo, com os tênis e as meias nos pés. A saia estava levantada e escondia o rosto. Mas dava para saber que era ela. Era ela, e estava morta. Havia sangue na sua vagina. Meu avô ergueu um pouco os olhos. Foi então que viu os cabelos num pequeno montinho. E os dentes tão brancos. E o que era aquilo? Não era possível! Seriam os dedos da menina?

Viu chegarem as duas mulheres pela estrada e tentou impedir que entrassem no capinzal, mas já era tarde. Elas tinham visto tudo. Precisavam fazer alguma coisa. Avisar os pais.

Impedir que a mãe visse aquilo. As mulheres tinham que impedir que a Regina visse aquilo.

Elas choravam alto. Meu avô, padrinho da menina, tomou não se sabe que coragem e começou a organizar tudo. João Peruzo ficaria ali com as mulheres, na estrada, e não permitiriam que quando viesse da escola a Regina visse sua filha naquele estado. Tinham que segurar ela, se fosse preciso. Ele ia mandar sua filha avisar em casa que a Soeli tinha sido assassinada. E precisava avisar primeiro o pai da menina na roça.

Minha tia fez o que o pai mandou. Saiu apressada e logo passou a correr pela estrada de terra, assustada com o barulho das próprias botas batendo no chão. Evitou olhar no rosto das pessoas que encontrava, apenas repetia mecanicamente as palavras que seu pai havia pedido que dissesse. Enquanto isso, meu avô dava a notícia ao pai de Soeli e abraçava o compadre para que não caísse. Ele e o filho mais velho abandonaram as enxadas e saíram correndo, como se houvesse tempo para salvar a menina ou pegar os assassinos.

Quando minha tia chegou em casa e contou tudo para a mãe, não conseguiu ser forte, sentiu as lágrimas e o medo aparecerem no rosto. Minha avó sentou na cadeira como quem cai e só disse "Não pode ser!", antes de se fechar num silêncio atônito.

O pai e o irmão da Soeli já deviam ter chegado, minha tia pensou. E tentou imaginar a cena do crime e o corpo de sua amiga agora morta.

Quando os dois, pai e filho, chegaram ao capinzal, a polícia já havia sido chamada. O motorista do caminhão tinha seguido sua rota e, de passagem, pedido que um dos filhos daquele proprietário onde deixou a carga fosse de carro até a delegacia e contasse como tinham encontrado a menina. Sem demora, dois policiais apareceram com uma viatura, uma ambulância com dois enfermeiros e um perito.

A mãe estava com as mulheres na estrada. Tinham improvisado uma cadeira com pedras e tocos de madeira. Algumas choravam, todas se consolavam, dava para ver, embora não se pudesse ouvir com nitidez o que falavam. De vez em quando uma delas secava o rosto na saia. O perito fotografou a estrada e cada detalhe da cena do crime, tendo que afastar os homens que estavam ali ao redor. Via-se bem quem era o pai, pelos olhos injetados de sangue e porque outros dois o abraçavam, ora um, ora outro, sem se afastar sequer centímetros de seu corpo, como se homem tão corpulento pudesse desabar. Os três estavam de chapéu, com facão na cinta e de botas. Era visível que vinham do trabalho na terra. Mais adiante, à direita, à sombra de uma grande árvore estava o irmão, solitário e aos prantos. Não devia estar ali, pensou o perito. Como tinham permitido? E quase na frente dos três homens, semifechando o círculo, estavam dois outros homens da comunidade. Não eram os tais valentões? O que estavam fazendo ali? Parecia que estavam sinceramente tristes, pode ser que chorassem. Logo atrás podia-se ver muitos outros que chegavam, todos homens, de chapéu e de botas, todos trabalhadores das terras próximas que tinham visto chegar a polícia e queriam saber o que tinha acontecido. Era preciso afastar esses curiosos, o que estavam fazendo os dois policiais?

Anotavam os nomes de todos e convocavam ao caminho da escola para o interrogatório. Ninguém podia sair dali, não podiam voltar para suas casas, não podiam avisar a família, não podiam falar com ninguém. Seguiriam todos juntos, andando, para a escola.

As mulheres estariam liberadas assim que contassem tudo o que sabiam aos policiais. Ali mesmo. Na estrada. Sem demora.

Já passava das 16 horas quando os enfermeiros colocaram o corpo na ambulância e seguiram caminho para o hospital para fazer o exame de corpo de delito e expedir o atestado de óbito. O pai seguiu com eles, silencioso. O irmão deveria amparar a mãe. Também seria preciso buscar o menor na escola e contar para a irmã, que àquela hora já devia estar em casa. Como podiam ter se esquecido dela?

Antes de entrar na ambulância, o pai deu um abraço na mulher, pediu que fosse forte. Tinha outra filha, como podia ter se esquecido dela? O filho mais velho estava ali para ajudá-la. Que fossem para casa o mais rápido possível e arrumassem tudo. Alguém podia buscar o menino que estava na escola? Meu avô disse que iria naquele momento mesmo. A polícia não podia impedir. E podia ficar tranquilo, eles arranjariam tudo para o velório e, mais tarde, que fossem buscá-lo para o interrogatório, se isso fosse realmente necessário. Ninguém ousou contestar.

O pai ainda não vivia a morte da filha como algo real, algo que, verdadeiramente, tinha acontecido. Era como se estivesse vendo de fora, alheio a todo o acontecimento. Sim, era ele que estava sentado ao lado do corpo da filha, no interior da ambulância que ia rápida, com as sirenes ligadas, embora não houvesse carro algum por aquela estrada de terra. Logo alcançariam o asfalto, e todo o interior sacudiria menos. A filha – era a sua filha! Tinha treze anos! Ainda agora falava, brigava com ele, pedia coisas – ia amarrada sobre a maca, o rosto, o corpo todo coberto, mas ele via ainda, como se longe, separado de si, o corpo sem as pontas dos dedos, sem cabelos compridos – por que tinham cortado? Teriam arrancado os cabelos? Ele devia olhar? Mas não tinha coragem de abrir o saco, de compreender o que aquilo significava. Sua filha, morta! Era mesmo a sua filha? Estava mesmo morta? Parecia que acordaria de um sonho ruim, e o corpo estaria vivo, pulsante, outra vez de pé. Os dentes. Por que estava sem os dentes? Foram quebrados ou foram arrancados? Como suportaria novamente essa visão? O rosto amassado, o rosto cortado, o crânio afundado. Como se livraria dessa visão? Mesmo se acordasse um dia, a imagem permaneceria para sempre acesa.

Via o próprio corpo do alto da ambulância, não estava acontecendo com ele, era seu espírito que estava no ambiente errado, acompanhando uma morta alheia, a cena não era dele, não tinha nenhuma densidade, peso algum, não era real. De modo algum, não podia ser real. Mas se fosse, por que teriam feito aquilo? Quem teria ousado mexer com sua filha? Por que ela? Não conseguia achar respostas, nada fazia sentido. Tinham matado sua filha!

Já estavam no asfalto, logo chegariam ao Instituto Médico Legal, o dr. João, assim era conhecido por todos, cuidava de todas as famílias da região, ia dizer que podiam consertá-la, que daria um jeito, que logo ela estaria viva de novo. E eles pegariam os bandidos, matariam um a um, com seus facões. Fariam com eles o mesmo que fizeram com sua filha. Estraçalhariam seus corpos, mijariam sobre eles. Eles pagariam caro.

Faria sua filha ver como eles sabiam se vingar de quem tinha feito aquele mal.

Sentiu o corpo pesado, os olhos ardiam quando abriram as portas da ambulância. Não havia percebido o cessar das sirenes, nem mesmo que já não sacolejavam mais. Tinham chegado, o sol já estava fraco e ventava, era pouco mais das cinco da tarde.

De novo viu sem sentir como sua a cena daquele corpo sendo levado depressa para dentro do hospital, para a sala do IML. Disseram que se sentasse e esperasse uns instantes. Logo alguém viria com os papéis, que precisariam ser assinados.

Vinte e um de agosto de mil novecentos e oitenta e um. Sete da noite. O laudo médico começava assim: "Indivíduo branco do sexo feminino, bem constituído, um metro e cinquenta e oito de altura e peso aproximado de quarenta e oito quilos. Idade pouco superior a treze anos. O corpo chegou com o uniforme da escola, tênis, meias e pés intactos. Machucados, provavelmente por arranhões de mato, tais como espinhos, nas partes externas das pernas. Marcas de mãos nas coxas internas. Vagina com machucados externos e internos provenientes de violação forçada por mais de um indivíduo, conforme comprovam os resíduos encontrados no local. Comprovou-se, por exame tátil, que o útero já estava fértil, tendo sua última menstruação aproximadamente há dez dias. Marcas de mãos nos quadris, na barriga e nas costas. Seios com arranhões provenientes de unhas ou de matos. As costas apresentam machucados e incrustações de pedaços de pedras escuras de cor marrom. O indivíduo apresenta marcas de estrangulação na garganta, feita provavelmente por corda de material sintético e por mãos. Rosto marcado por um corte com arma de metal de oito centímetros de comprimento e profundidade de trinta milímetros na lateral esquerda. A parte esquerda da cabeça também foi esmagada por golpe. Exame no local mostra evidências de que a arma usada foi uma pedra. Os dentes da arcada superior encontram-se quebrados. Os da arcada inferior estão intactos. Os braços apresentam várias marcas de ferimentos de cor arroxeada e faltam as pontas dos dedos de ambas as mãos".

Tudo o que estava no papel foi descrito pelo doutor diante de um pai que não podia emitir nenhuma palavra. Sentia um bolo na garganta e os olhos saltar das órbitas, mas não podia chorar. Tinha mesmo vontade de esmurrar o médico, os enfermeiros, a mulher por ter deixado a filha ir à escola. Queria perder a vida ali e agora, esmurrando o próprio rosto, o próprio estômago. Não voltar a ouvir aquelas palavras. Precisava assinar onde? Queria o quê? Que preparassem o corpo? O que era preparar o corpo? Para o velório, para que estivesse apresentável no velório. Sim, queria. O que fariam com as mãos sem os dedos? Como aquelas mãos mutiladas poderiam segurar o terço sobre o peito imóvel? Quanto ao rosto, colocariam uma faixa, ela ficaria bonita, pareceria uma freira ou uma santa. O problema maior eram as mãos. Enfaixariam os dedos um a um ou colocariam uma luva? Melhor as luvas. Sim, as luvas. Não, não tinha trazido nenhuma roupa. Em casa a mulher providenciaria isso. Que dessem um jeito na cabeça e nas mãos, o resto fariam em casa. A madrinha. A madrinha ajudaria, sem falta. Se queria um caixão?

Sim, um caixão. Precisaria de um caixão. Forrado. De branco, por favor. Teria que ir ao outro lado da rua? Ali, naquela placa? Sim, ele já estava indo. Estava fechada, mas o dono ou o filho do dono providenciaria o caixão. Tinha um metro e cinquenta e oito a sua menina. Alta para a idade. A casa funerária saberia onde estacionar para retirar o corpo. Que fosse forte.

Estava sem dinheiro algum consigo. Foi chamado da roça, estava trabalhando. Não, não havia problema, depois passava ali para pagar os custos todos. Fizessem o melhor que pudessem. Não, não queria luxo. Sua menina não gostava de luxos. Mas que fosse bonito o caixão, com forro branco.

Toda a viagem de volta esteve concentrada na vagina da filha. Todo aquele sangue. Como podiam ter machucado a sua menina? Isso não devia ser falado. Ninguém devia saber dessa marca. Não contariam aos outros filhos, nem mesmo à mulher. Pediria, exigiria que se fizesse silêncio sobre isso. A menina então não tinha lutado? Ela não tinha se entregado. Talvez tivesse morrido para salvar sua honra. Era assim que seria lembrada. A menina que lutou contra seus assassinos.

Era por volta das nove e meia da noite. Estava escuro. O carro funerário estacionou na frente da casa dos Volcato. Já havia uma pequena multidão no interior.

Eram quase cinco e meia da tarde quando os policiais, depois de anotar os depoimentos das mulheres, disseram que poderiam voltar para suas casas. Os assassinos, tinha que ser mais que um, as evidências apontavam para dois, só podiam ser homens. Todos os que estavam na cena do crime, mesmo os simples curiosos, deviam seguir a pé para a escola, escoltados pelos policiais, que iam atrás, de viatura. Ordenaram que nenhum deles se desviasse do caminho, sob pena de ser considerado mais que suspeito – suspeitos já eram todos até que provassem o contrário –, mas simplesmente criminosos. Tinham ordem de atirar em qualquer um que fugisse.

A caravana seguiu silenciosa sob o sol já fraco do final de inverno. O vento ainda era gelado à noite, mas, àquela hora, apenas fazia um frio agradável. Os homens ficaram presos em uma das salas da escola, no centro da comunidade, e os policiais receberam reforço. Agora seriam dois investigadores que interrogariam os homens um por um e dois policiais armados que guardariam a porta da sala. Ninguém seria liberado até considerarem que não estava envolvido no assassinato. Mais dois policiais estavam do lado de fora, na viatura, para o caso de precisar buscar algum homem em casa.

João Peruzo foi o primeiro a depor. Ele tinha encontrado o boné no caminho para o trabalho. Não entrou sozinho na capoeira. O homem do caminhão e seu vizinho, padrinho da menina, podiam confirmar tudo. As mulheres também chegaram quase na mesma hora. Essa testemunha estava liberada. Assim como o irmão da vítima, que já estava em companhia da mãe.

Entre os homens que estavam na cena do crime estavam também Luiz Godói e Antenor Siqueira. Luiz usava camisa branca limpa, calça e chinelos. Antenor também estava com roupas limpas, o que chamava a atenção, os outros vestiam roupas sujas da lida com a lavoura, roupas de roça. Foram interrogados separadamente.

– Nome completo?

– Luiz Godói.

– Tem outro nome, apelido?

– Não, senhor.

– Idade?

– Vinte e um anos.

– Onde mora?

– Entre a igreja e a ponte.

– Com quem vive?

– Com meus pais e mais dois irmãos e duas irmãs.

– É solteiro?

– Sim, senhor.

– Trabalha na roça? Sua família tem terras próprias ou arrendadas?

– Trabalho por dia, empreitada. E na construção também, com meu pai.

– Está trabalhando no momento?

– Sim, limpando a terra do Seu Busato.

– Trabalhou hoje?

– Sim, senhor.

– Com mais alguém?

– Sim, senhor. Com meus irmãos e com Antenor Siqueira.

– Que horas chegou e que horas saiu da lavoura?

– Cheguei passadas as nove e saí ao meio-dia.

– Tarde pra chegar na roça, não?

– Sim, fui rebocar um tronco no rio. Era madeira boa pra uma pinguela. Veio com a enchente última.

– Com que rebocou a madeira?

– Só com uma corda.

– Sozinho?

– Sim, senhor.

– Por que foi fazer isso sozinho?

– Achei que seria fácil, tem uma árvore próxima e ela servia de apoio pra corda.

– Conseguiu retirar o tronco?

– Não, senhor. Era muito pesado. Deixei amarrado e voltei lá com o Antenor ao meio-dia, quando voltamos da roça.

– Ele pode confirmar isso?

– Sim, senhor.

– Mais alguém viu vocês?

– Não, senhor. Não tem ninguém ali perto.

– Que horas vocês chegaram no rio?

– Meio-dia e meia.

– Depois ou antes do almoço?

– Antes, senhor.

– E retiraram o tronco?

– Sim, senhor.

– Se formos ao local, podemos confirmar que o tronco está lá?

– Sim, senhor.

– E a corda?

– Não, senhor. Usamos a corda para outros serviços.

– Está de posse da corda?

– Sim, senhor. Está em casa, perto do tanque.

– E que horas acabaram o serviço?

– Por volta de 13h45, senhor.

– E por que demoraram tanto?

– Estávamos cansados, e o tronco pesava com a correnteza.

– E depois?

– Depois do quê?

– Depois que retiraram o tronco.

– Cada um foi pra sua casa almoçar.

– Qual foi a primeira coisa que fez quando chegou em casa?

– Tomei banho. A roupa estava molhada. Tivemos que entrar no rio.

– E depois?

– Depois almocei.

– E a roupa?

– A velha deve ter lavado. Deixei sobre a tábua do tanque.

– E como foi que feriu a mão?

– Com a corda. Quase perdemos o tronco pela correnteza.

-- Como ficou sabendo do crime?

– Estava almoçando quando soube que procuravam uma menina. Não sabia quem era. Minha mãe veio com a notícia.

– E então?

– Então levantei rápido da mesa e fui ver o que era. Todo mundo foi.

– E não pegou seu facão? Vejo que não está com ele.

– Não, senhor. Saí apressado.

– Mas costuma sair sem facão?

– Não, senhor. Precisamos dele na roça.

– E por que não está com ele?

– Saí apressado, já disse.

– Não teria perdido seu facão, por acaso?

– Não, senhor, está em casa. Deixo minhas coisas no tanque, antes de entrar em casa. Está lá.

– E como chegou ao local do crime?

– Segui os outros.

– Você estava ao lado de outro homem. Quem era?

– Antenor Siqueira.

— Se encontraram por acaso?

— Sim, senhor. Ele estava chegando quando eu cheguei.

— Pode descrever o que viu quando chegou?

— Tinha várias pessoas lá. O Tommasino, o Peruzo, o pai e o irmão da menina e algumas mulheres. A dona do armazém.

— Você conhecia a vítima?

— Não, senhor.

— Qual a sua relação com a família?

— Nenhuma.

— Não conhece o pai da menina?

— Conheço. Mas apenas conheço.

— Não houve uma briga no domingo passado?

— Não, senhor.

— Nenhuma briga?

— Nenhuma briga.

— Fui informado do contrário.

— Foi informado errado.

— Não é verdade que o senhor, com seu amigo Antenor Siqueira, seus irmãos e mais alguns homens estavam na festa da comunidade e se recusaram a pagar a conta, iniciando um tumulto?

— Não, senhor. Estávamos na festa. Bebemos muito, só isso. Estávamos bebendo e o senhor Volcato pediu que nós nos retirássemos e mostrou um cassetete de madeira. Era um recado pra que ninguém arrumasse confusão. Não arrumamos. Pagamos a conta e fomos embora.

— O senhor não teria prometido se vingar do senhor Volcato?

— Devo ter falado no calor da hora.

– Entende que isso faz do senhor um suspeito?

– Entendo, sim, senhor.

– O que tem a dizer quanto a isso?

– Não fiz nada, senhor. Tínhamos nossas diferenças, mas não fiz nada com a menina.

– Uma testemunha diz ter ouvido da boca de um amigo seu que você jurou vingança.

– Não, senhor. Só falei no calor da hora, depois esqueci o assunto. Não vale a pena. Teria que me vingar da comunidade toda.

– Esse senhor está mentindo, então?

– Eles não gostam da gente.

– Você não lembra de ter falado a alguém que faria algo bárbaro àquela família?

– Não, senhor.

– Meu colega vai a sua casa buscar as roupas e confirmar os horários. Por enquanto você fica na escola. – Ele chama um dos homens à porta: – Cabo Bento, leva o homem pro banheiro velho. Ele vai ficar lá até as coisas se esclarecerem. Tragam o Antenor Siqueira.

O interrogatório seguiu durante toda a noite. Antenor Siqueira, reclamando de dor de dente, confirmou todas as informações de Luiz Godói e também ficou detido no banheiro como suspeito. Ninguém pediu advogados. As roupas dos dois suspeitos haviam sido lavadas, o que as retirava do rol de possíveis provas. A corda estava na casa de Luiz Godói, molhada, podia ter sido lavada, mas podia simplesmente ter estado no rio, no trabalho de puxar o tronco como eles declararam. Podia e não podia ser um pedaço da mesma peça encontrada na cena do crime. Os homens ainda procuravam pelo facão. Mas o facão de Luiz Godói estava junto com as roupas. Não havia nada que pudesse incriminá-los, a não ser dois testemunhos. Mas o que falaram apenas reforçava a suspeita de que podiam ter motivos para o crime. Deviam ouvir um amigo dos dois e forçar uma confissão. Mas isso somente no dia seguinte. Por enquanto, os pais de família estavam liberados para o velório e enterro, mas não podiam sair da comunidade sem comunicar à polícia, e todos deveriam ficar à disposição para qualquer esclarecimento. Assinaram os papéis e foram embora. Na escola ficaram Antenor Siqueira e Luiz Godói, além de seu irmão, mais três homens do seu grupo, conhecidos como Chico, Nenê e Gonçalvez. No dia seguinte iriam buscar o Silvio Tommasino.

Na casa dos Volcato, a menina estava sendo velada no caixão de madeira clara, devia ser de canela, todo enfeitado de branco por dentro. Ela estava vestida com a roupa da primeira comunhão, um vestido rosinha com renda no pescoço e nos braços. Longas luvas encontravam as mangas do vestido e ela trazia nas mãos o terço que ganhou naquela ocasião e uma rosa cor-de-rosa colhida no jardim. Era como se estivesse ainda naquele dia, o da primeira comunhão, só que agora deitada e de luvas. Era difícil acreditar que estivesse morta.

Toda a comunidade foi ao velório. De todos os lados chegavam pessoas conhecidas e até pouco conhecidas. Gente das comunidades vizinhas, dos municípios vizinhos, levados pela curiosidade e pela estupefação. As luzes estavam todas acesas, e havia gente em todos os cômodos e também na área e no jardim. Improvisaram bancos de lenha, e os vizinhos mais próximos chegavam com cadeiras e almofadas. As mulheres não saíam da cozinha, fazendo brodo, pão e café e servindo todos de vez em quando. As pessoas se revezavam na sala para que todas pudessem chegar perto do caixão, colocado primeiro sobre quatro cadeiras e depois sobre a mesa, para que as cadeiras amparassem algumas mulheres da família que se recusavam a sair da sala e não suportavam o peso do próprio corpo. Na sala não se parou de ouvir por nenhum instante o som da reza do terço. Quando uma mulher se cansava de puxar as orações, outra recomeçava. Os que chegavam entravam na reza durante o tempo que permaneciam na sala, e de hora em hora alguém chamava alto para iniciar um novo ciclo de reza. O terço e o choro não cessaram, embora a intensidade das vozes baixasse depois das primeiras rezas e o coro, às vezes, desafinasse um pouco. Quando o cansaço se fazia presente naquele murmurar de rezas, vinha o convite para renová-las, e, como ondas, as vozes iam e vinham, encomendando o corpo da menina aos céus.

Fora da casa, o comentário era um só. Como aquilo podia ter acontecido? Era verdade que tinha sido violada? Por mais de um? Nossa senhora. Tinham cortado os dedos? E por que arrancaram os cabelos? Ou os tinham cortado? Arrancaram os dentes? Virgem santa. E toda hora uma questão voltava: viva ou morta? Uma mulher vomitou na área e, rápidas, as vizinhas limparam tudo. Entre os homens, aos sussurros, podia-se ouvir os nomes de Luiz Godói e de Antenor Siqueira. Em uma ou outra roda, depois da meia-noite, alguns falavam de Silvio Tommasino.

Na manhã seguinte, a notícia da morte de Soeli Volcato chegou à comunidade de Santo Antônio do

Pinhal, onde morava minha família. Havia um programa de rádio que fazia comunicar, num gesto de ligação, de proximidade, boa parte da região oeste de Santa Catarina. Era pela Rádio Continental que se ficava sabendo dos nascimentos e das mortes, das hospitalizações e dos casamentos, dos bailes e das festas, dos assaltos e outros crimes.

O mecanismo automático da vida da nossa família funcionava todos os dias no mesmo ritmo, inclusive aos sábados e domingos, a não ser pela missa de todo domingo. Naquela manhã de sábado, vinte e dois de agosto de mil novecentos e oitenta e um, minha mãe acordou às cinco e meia da manhã, ligou o rádio e acendeu o fogo. Fazia frio e ainda não tinha amanhecido totalmente. Já se via, pela janela, o que seria o sol dali a alguns minutos, talvez meia hora, embora ele ficasse, a mãe sabia por experiência, dissimulado pela camada de cerração, infalível nas manhãs de inverno. O fogo já começava a esquentar o fogão, logo o chimarrão estaria pronto, e, depois de tomar algumas cuias, meus pais sairiam porta afora para tirar o leite das vacas, tratar o gado, lavar a roupa. Meu pai iria para a roça, minha mãe faria a limpeza da casa.

Em vez disso, a rotina ficou alterada, quando ouviram, como primeira notícia do programa: "Atenção, ouvintes da Rádio Continental: um crime bárbaro abalou a localidade de Simões Lopes na tarde de ontem. Soeli Volcato, treze anos, foi encontrada morta em matagal próximo à estrada que leva à casa da família. A vítima voltava da escola, entre 13 e 14 horas. A polícia está investigando o crime, e espera-se que os esclarecimentos levem os criminosos à prisão o mais rápido possível.

Os pais e irmãos convidam parentes e amigos para o velório, na casa da família; para a missa, que será oferecida na capela da comunidade de Simões Lopes, às 14 horas, e em seguida para o enterro, que será realizado no cemitério municipal de Coronel Freitas. A Rádio Continental apresenta seus pêsames à família de Soeli Volcato".

Minha mãe conta que a notícia aparecia a cada meia hora, e não só no programa que todos ouviam pela manhã. Ao ouvi-la pela primeira vez, meus pais logo decidiram ir ao velório e ao enterro, conheciam a menina, mas, mais do que isso, sentiam que era parte da família, já que meus avós eram seus padrinhos e vizinhos. Mas também aos meus pais parecia que tudo aquilo era uma mentira. Aquele tipo de crime não acontecia em lugares como o deles, onde nenhuma das casas tinha fechadura e o máximo que acontecia, além dos discursos e poses de valentes, que queriam fazer acreditar em mortes e espancamentos, eram roubos de galinha ou sacas de milho e feijão, alguma peça de queijo ou salame guardados nos porões e paióis também sem trancas. Para isso, usava-se a espingarda sempre carregada e guardada atrás de alguma porta. Um ou dois tiros para o alto. Mas uma menina morta?! Isso não tinha propósito.

Às oito da manhã, meu irmão e eu já estávamos limpos e vestindo roupas de dia de festa. Felizes e despreocupados, apressávamos nosso pai para que ligasse o carro e enfim pegasse a estrada para visitar os avós. Para nós, era uma viagem, um dia diferente dos outros, mais alegre, mal podíamos conter a euforia, fazer caber no peito aquela promessa: o carro, a estrada, o vento no rosto, os postes passando correndo por nós, as vacas ficando para trás nos potreiros, pessoas a pé que ficavam pequeninhas conforme íamos nos distanciando, árvores altas, flores ao rés do chão, frutas impossíveis de se alcançar e o colo dos avós, os presentes, os chocolates, os primos, as brincadeiras.

Eu já entendia que devia ficar longe do avô e do tio, meu irmão, não. Mas não sabia ainda do facão brandindo na mão do policial, da corda e da árvore grande, dos sussurros dos adultos, do choro e da reza, da frase da mãe "Não me admira se ele não mandou fazer alguma coisa", do clima de morte que enfrentaria pela primeira vez na vida. Não tinha experimentado ainda a sensação do interdito, do segredo abominável, do horror do assassínio e da desconfiança em torno dos adultos.

Não sabia ainda que os homens podem ser maus, que havia algo como ódio, algo como vingança, algo como o sofrimento e uma dor irreparável. Não sabia que adultos podiam chorar alto, que minha mãe também era frágil, que meu pai sentia pena de si mesmo e dos outros.

Não sabia que uma casa pode se transformar num lugar assustador, não conhecia a sensação de aprisionamento, de perseguição. Nunca tinha imaginado meu próprio corpo dentro de um caixão forrado de rendas brancas e as pessoas ao redor falando de mim.

E não entendia que todo o resto é a vida continuando.

Na primeira versão escrita, aqui acabava meu livro. Mas recebi uma ligação da minha mãe. Ela dizia que a família Volcato ainda temia os assassinos e não queria que eu usasse seus nomes reais. Depois da minha ligação, pedindo uma entrevista, eles tinham ficado com medo e então contaram a ela que, na época do assassinato, foram ameaçados e forçados a desistir da investigação. Que a história deles era uma história que envolvia bandidos perigosos, não era um mal-entendido do passado, não era uma história na qual ninguém podia ter certeza de quem eram os assassinos, porque um dos assassinos em pessoa confessava na medida em que ameaçava o pai da menina.

Uma pena que eu só possa dizer isso através da minha mãe. Mas achei que deveria escrever a cena que ela me relatou, numa espécie de epílogo.

— Tarde.

— Boa tarde.

— O delegado foi lá em casa de novo hoje.

— Não apareceu por aqui.

— Sabe o que vai acontecer se ele aparecer lá de novo amanhã.

O senhor Volcato olhou para o campo em que estava trabalhando sozinho, sol forte do meio da tarde. Plantava feijão entre os pés de milho secos, já dobrados, espigas quase prontas para a colheita. Tudo se fazia manualmente naquela época. Agricultura familiar, sem ceifadeiras ou plantadoras. A vista abrangia todo o pedaço de terra plana, o chato, sobre o morro. Notava-se a cor ocre até a divisa com as terras de meu avô, onde o milho, plantado semanas depois do seu, ainda estava verde. Se aquele fosse o único homem que o ameaçava, saberia o que fazer. E pensou mesmo em fazer. Se levar a mão ao facão que pendia da cintura era um gesto perigoso, um pouco lento demais para a arma de fogo do outro, ainda poderia, rápido, erguer a máquina de plantio e acertar sua cabeça, esmagaria o lado direito do rosto e então avançaria sobre o homem caído e, com a pedra grande ali na frente, acabaria com ele. Só pararia quando a cabeça fosse uma poça de sangue.

Olhou a máquina. Uma geringonça com duas alças e uma caixinha cheia de sementes. As mãos suavam nas alças da máquina. Plantar era quase uma dança. O ritmo, sempre o mesmo. Puxava a plantadeira de dentro do sulco de terra e abria as alças. De três a cinco sementes se soltavam da caixinha e desciam para a ponta, que formava um bico. Fechava as alças e enterrava a ponta na terra. Então abria as alças já levantando a ponta e lá ficavam as três ou cinco sementes enterradas. A ponta já fechada. E era só abrir as alças e encher o próximo pequeno ninho de terra. Podia fazer de conta que erguia a máquina para plantar outra cova e acertaria facilmente o homem que, de tão presunçoso, não estava prevenido. Demoraria para tirar o revólver da cinta.

Mas o homem não trabalhava sozinho. Tinha irmãos e os comparsas. De nada adiantava matar um homem só. Teria que matá-los todos.

– Já disse que aqui não apareceram.

– E eu já disse pra você encerrar a investigação.

– Está encerrada.

– É melhor que esteja. Você tem mais três filhos. Se as coisas não se acalmarem, já sabe. Vou começar pelo menino mais novo.

3

Quase um ano depois de ter acabado de contar essa história, minha mãe voltou ao assunto porque no último domingo tinha encontrado, numa festa, uma das minhas professoras da época em que estudei em Simões Lopes. Naquela mesma escola em que estudou a menina assassinada. Minha professora queria falar comigo porque tinha ficado sabendo que eu estava escrevendo um livro sobre o assassinato da menina e queria ajudar. Minha primeira pergunta, feita em voz alta, foi a mais básica: ajudar como? As outras, me fiz silenciosamente. O que a antiga professora estaria querendo? Saberia que eu tinha andado por aí perguntando sobre o caso antigo e queria me contar alguma coisa nova? E se fosse uma armadilha do assassino? Seria melhor não fazer essas perguntas a minha mãe, mas ela as ouviu de dentro do meu silêncio e, em resposta, foi logo dizendo que a professora e ela nunca tinham perdido o contato e que achava que valia a pena conversar. Eu já tinha desistido do assunto, não esperava reabrir a curiosidade e não sabia por onde começar a conversa com minha antiga professora. Minha mãe, que parece nunca se esquecer de nada, emendou uma pergunta atrás da outra: Você se lembra dela? De como ela gostava de você? Lembra do bolo que fizemos juntas para arrecadar dinheiro para a viagem de formatura de vocês? Mas pelo menos lembra que ela dormiu aqui em casa?

Minha mente estava em branco. Quem era a professora? Pensava no seu nome, Alice, e não conseguia me lembrar de nenhum rosto. Nenhuma lembrança de afeto, de experiência dividida. Depois de desligar o telefone, fiquei pensando durante a noite sobre o que significou aquela escola na minha vida e me lembrei vagamente de uma professora, do seu lugar na sala, de um exercício de redação. Talvez por aí eu encontrasse a professora. Mas vi uma cabeça loira, cabelos escorridos, olhos azuis, e não podia ser ela, tinha saído de Simões Lopes ainda na minha época na escola. Minha mãe me disse para olhar o Facebook, ela tinha um montão de fotos, e eu logo dei com a imagem de uma mulher baixinha vestindo uma camiseta da igreja, e tentei juntar alguma nova lembrança escolar, mas nada apareceu. Aquela mulher podia ser uma estranha. Mas minha mãe insistia que era a professora antiga, que era a mesma que sempre perguntava por mim, e então comecei a buscar uma passagem aérea para a semana seguinte. A viagem só valeria a pena se minha professora me colocasse frente a frente com o assassino.

Parente distante do homem -- e parentesco ignorado por todos --, Alice também tinha curiosidade sobre aquele crime do passado e, exatamente como eu, custava a acreditar que tinha acontecido mesmo. Parecia sempre coisa de livro ou de filme. E mesmo que as marcas materiais ainda presentes naquela cidadezinha – o capitel, a foto, a lembrança distribuída no enterro, o corpo exumado há poucos anos, o pequeno túmulo no povoado da tia da menina, as histórias que os pais e outros moradores ainda contam – mostrem a realidade do crime, nunca era possível transformar aquele homem que voltou como operário da empresa que construía o asfalto, meio velho, adoecido, no assassino cruel de uma menina de treze anos. Ela o via atravessar o asfalto em construção, beber água nas casas próximas, ficar horas com uma pá na mão tirando pequenas pedras da estrada ainda de terra ou tirando e colocando cones para desviar o tráfego ou comendo sua marmita sentado no que viria a ser o meio-fio e pensava: "É um homem comum. Não é um assassino". Como podia ser um assassino e um trabalhador pobre ao mesmo tempo? Como podia ser um assassino e um homem pobre buscando provar que trabalhou ali no passado para conseguir, agora, se aposentar? Como podia ser um assassino e voltar ao local do crime para pedir favores em forma de testemunho do seu trabalho? Alice tinha o impulso de abordar o homem no meio da tarde e disparar a pergunta à queima roupa: "Você matou mesmo aquela menina?".

Isso ela contou no nosso primeiro encontro. Fomos reapresentadas pela minha mãe, que, com a previdência de um imenso pão doce, apareceu logo depois da sesta, numa quarta-feira, e em forma de visita comum colocou a investigação amadora de novo em funcionamento. Sentadas na área da casa na beira do asfalto na rua principal de Simões Lopes, a antiga professora, sua mãe bastante idosa e um pouco surda, seu neto de quatro anos alheio a tudo, minha mãe e eu conversamos sobre o assunto perturbador enquanto tomávamos chimarrão. Era sempre assim, as conversas sobre o assassinato, sobre o passado, as mais ferozes e as mais inofensivas eram todas levadas pela roda do mate, e, quando eu me dava conta da situação, era difícil me ver na cena não como um gaúcho, mas como uma simples mulher citadina dos anos dois mil. Tinha algo anacrônico em tudo o que eu ouvia e falava e imaginava. Era tão insólito como estar no passado de uma página escrita. E era bastante estranho estar nesse papel sem usar bigodes.

Minha antiga professora falava que não tinha feito a pergunta para não espantar o homem. E ao mesmo tempo se perguntava por que nenhum daqueles homens e mulheres do lugar ia tirar satisfação com o assassino. Durante a noite, sonhava com um linchamento, e seu primeiro impulso era o de protegê-lo. Era isso o que a perturbava mais. Por que havia algo nela que desconfiava de que as coisas não se encaixavam na história que contavam? Era talvez pelo aspecto pouco ameaçador daquele homem depois de tantos anos. Quem o conhecia daquele passado tinha medo ou repulsa. Não inspirava nenhuma compaixão o homem comendo a sua marmita ao sol. Mas quem nunca viu o homem de facão na cinta, o valente das festas, o olhar cínico ou desafiador com que encarava os homens do lugar, via nele agora apenas o que tinha se transformado: um homem comum, um trabalhador sem passado.

O trabalho no asfalto acabou, e parece que ninguém quis testemunhar sobre o passado de trabalhador do Godói, e ele sumiu. Alice dava um jeito de puxar o assunto em todas as rodas de chimarrão de todas as casas e se ninguém parecia querer falar do passado, do asfalto, sim. E numa conversa inocente na casa da irmã do prefeito, soube que o Godói estava doente e acamado na casa de um viúvo solitário, lá mesmo em Simões Lopes, numa casa paupérrima na beira do rio. Ela não tinha como aparecer lá sozinha ou com a mãe idosa. E a agente de saúde, que tinha motivos para aparecer por lá, nunca tinha ido porque o viúvo não era sócio da comunidade e não queria receber a agente. De qualquer forma, o rumor era que ele tinha câncer e, possivelmente, não sairia mais de casa senão para o hospital. Ele aguardava o tratamento do SUS, mas a fila era grande, e mais não se sabia.

Foi isso que ela comentou com minha mãe, e assim ficou sabendo que eu estava escrevendo um livro e que o que mais queria era falar com o Godói. Foi por isso que minha mãe decidiu me chamar. Se o homem estava nas últimas, não podia mais fazer mal a ninguém nem temeria a cadeia. Minha mãe apostava que ele confessaria às duas o crime do passado e, depois, ao pastor, para salvar sua alma. Ele só tinha a alma a perder. Eu não tinha tanta certeza e, como a antiga professora, achava mesmo que era impossível aquele homem ser o assassino.

Minha simples aparição na cidade não facilitava em nada a visita à casa do viúvo, e mesmo que chegássemos lá, nem imaginávamos maneiras de abordar o assunto. Quantas visitas seriam necessárias até que ele falasse alguma coisa? Ele falaria alguma coisa? O mais natural era que o viúvo colocasse todo mundo para correr.

Na roda do chimarrão, avaliamos as possibilidades. Convidar um policial para fazer a primeira visita? Convidar de cara o pastor? Usar simplesmente a estratégia da visita comum a um doente? Um pão doce numa mão e um gravador na outra? Eu achava que era necessário chamar a agente de saúde ou o pastor. Qualquer outra pessoa colocaria tudo a perder. Mas aguentar a balela do pastor, a necessária preleção sobre a salvação das almas, talvez orar de mãos dadas e olhos fechados? A agente de saúde não quis saber da história. Tinha medo e repulsa. Que o homem morresse e pagasse pelos seus pecados no inferno. "Minhas filhas, por que vocês vão se meter nisso?", ela disse quando fomos visitá-la para fazer a proposta. "O passado é passado." E depois de uma pausa: "No passado não se mexe". Não era a primeira vez que eu ouvia essas frases.

Não víamos muitas alternativas, mas eu tinha viajado várias horas e estava decidida a ver o homem, então pensei que nós duas éramos o bastante. Iríamos no dia seguinte pela manhã, chegaríamos com um pão e anunciaríamos a visita de boa-fé. O máximo que podia acontecer era o homem nos botar para correr. Gritar, xingar e nada mais. E isso não doía muito vindo de um estranho, afinal.

Quando contei ao meu pai o que pretendíamos fazer, ele me fez ver que não era exatamente verdade que o homem não podia fazer mais mal do que nos mandar embora. Primeiro, eram dois homens; segundo, deviam ter armas em casa. Até ele tinha sua espingarda, e a casa era longe de tudo. Podiam usar a arma não para nos fazer correr, e sim para nos fazer ficar. Se gritássemos, ninguém ouviria. Ah, pai, ninguém vai querer estuprar duas velhotas, foi o que me ocorreu dizer. E ele: "Bom, tem esse e outros modos de fazer as pessoas sofrerem". Ele iria junto. Com um homem, eles pensariam duas vezes. Além do mais, ele poderia conversar com o viúvo enquanto nós conversávamos com o Godói. Meu pai não conseguia pronunciar a palavra assassino. Eu sabia que era uma pequena violência dizer não a minha mãe, mas não dava para ir tanta gente junta a uma casa que ninguém visitava. Era uma pequena traição, eu sabia. Minha mãe tinha conseguido tudo, pegar o fio solto, e agora era meu pai que me acompanharia. Não era mesmo justo, mas ela disse que preferia assim, não queria ver o homem.

A noite de sono foi tão agitada que foi tudo, menos uma noite de sono. Suspirei aliviada quando os galos começaram a cantar às seis da manhã. Embora meus pais morem na cidade e não mais no sítio onde nasci, a cidade não é tão cidade assim, e os galos continuam o serviço de anunciar a manhã. Eu estava distraída dos hábitos dos meus pais, talvez já não levantassem tão cedo, afinal já fazia tempo que as vacas tinham sido vendidas, e os animais não chamavam mais seus donos para as tarefas do dia. Fiquei em silêncio, esperando pelos ruídos da casa, tentando adivinhar se meus pais estavam ou não acordados. E logo ouvi a voz da minha mãe. Já podia me levantar, tomar banho e começar tudo de novo – pelo chimarrão, claro. Era julho, o frio do Sul justificava o fogo do fogão a lenha sempre aceso, fazendo as vezes de aquecedor da casa. No canto menos quente do fogão, uma batata assada esperava para ser comida. Me dei conta de que, desde sempre, uma grande panela de água quente fica sobre o fogão, para aproveitar o calor e servir para múltiplas tarefas, inclusive lavar a louça. Um bule de café e um de leite temperam os cheiros da casa. A mesma bacia com bolachas feitas por minha mãe estava sobre a mesa, parecia que desde minha infância, quando ficávamos todos perto do fogão, vendo o sol nascer, tomando chimarrão e comendo batatas ou bolachas. Depois o café com leite, talvez o pão com nata. Era estranho que só eu estivesse ali com meus pais. Tudo parecia tão diferente e, ao mesmo tempo, igual a quando era criança. Lá, a casa cheia, a correria. Aqui a casa vazia, o tédio? As casas eram outras, mas também eram iguais. A de agora, mais sofisticada, espaçosa, limpa. Mas os mesmos rituais e as mesmas pessoas – o mesmo amor silencioso? – garantiam que tudo estava igual.

Eu nunca tinha pensado a respeito, talvez porque no passado havia muitas tarefas e crianças correndo, mas o que era mesmo ameaçador na atmosfera que envolvia a vida com meus pais era o tédio. Só agora eu descobria isso. Quando morava na antiga casa, e mesmo depois, quando voltava para uma visita, sentia uma aflição constante, uma coisa silenciosa e assustadora que não conseguia identificar. E nessa manhã, sem esforço, tinha identificado o monstro agora impotente. Tanto sofrimento tinha causado a imagem de mim mesma voltando para casa impelida pelo fracasso – um filho no colo, mulher abandonada, ou então numa cadeira de rodas, depois de um acidente, as imagens variavam –, e agora esse medo havia evaporado. Viver ali já não parecia de todo assustador, agora que tinha convertido a vida, já passada da metade, em ler e escrever. Mas e as pessoas do lugar, não causariam mais medo? O julgamento, aquilo que fazia delas pessoas tão assustadoras, de repente não importava mais. Parecia que não importava mais a meus pais também. Talvez tudo isso tenha sido convertido em apenas tédio, ou medo do tédio, e o tédio não era nada, pensei, encarando o sol fraco, apenas cor, que começava a entrar pela pequena fresta da janela aberta.

Me dei conta do quanto é incrível a capacidade de meus pais de ficar horas em silêncio. Estávamos todos no mesmo ambiente, cada um entregue a seus pensamentos ou a pensamento algum. Meu pai tinha se levantado para olhar pela janela e se espreguiçava, levantando os braços. Minha mãe, depois de ficar um tempo com o olhar perdido diante do fogo, com a cuia na mão, passou-a para mim, se levantou e pegou a lata de feijão. Sem dizer nada, como se tudo já estivesse há anos decidido, começou a derrubar o feijão numa panela, a lavar com a água gelada da torneira e voltou ao fogão com o feijão para cozinhar. Nunca gostei muito de feijão, do feijão como era preparado em todas as casas ali. Achei estranho minha mãe fazer um prato que eu não gostava, com tantas comidas que eu tinha pedido para ela fazer. Mas lembrei que ela costumava aproveitar o fogo e fazia diversos pratos para agradar a todos. O pai ama feijão. E eles deviam ter rotinas que nada tinham a ver com minha chegada repentina, sem ser festa, sem os outros irmãos.

Minha mãe logo entrou num frenesi que conheço bem. Ela se agita como se o tempo nunca fosse suficiente. Tudo para acabar as tarefas antes de nove da manhã. Tenho um pouco de dificuldade de interpretar isso. Primeiro, imaginei que a correria produzida artificialmente era um movimento contra o tédio. Mas duvidei dessa interpretação quando me dei conta de que era justo o contrário, o desejo do tédio, a busca do estar sem nada a fazer logo cedo. Depois fiquei observando – não tinha nada a fazer mesmo – como tudo funcionava como uma engrenagem há muito programada e me dei conta de que a razão, talvez, dessa correria é que existe uma norma invisível que rege a ordem das coisas. Eu mesma e meu pai sairíamos de casa às nove da manhã rumo à velha casa na beira do rio e, portanto, esses horários são pensados na justa medida do andamento habitual do lugar.

Até as nove as pessoas colocam tudo em ordem. Depois disso, podem receber visitas, podem fazer visitas, podem se dedicar à comida ou ao crochê, e, se chega alguém, ele ou ela não teria nada a falar da desordem ou da sujeira de uma casa. Ao contrário, o comentário seria positivo. Ao me dar conta disso – seria melhor dizer ao me lembrar disso – recebi em cheio a perturbação experimentada no passado. Não é o tédio o vilão, é a conduta sempre regida por uma força exterior que não tem mais razão de existir. Uma força antiga que vem das vozes de mães e avós já desfeitas em pó. No tempo que vivi ali, lutei com essas vozes sem compreendê-las. Só agora, mais velha, posso ver através da minha mãe as mães passadas. A voz da regra e da norma e do bom comportamento.

Estranhamente calma para a tarefa que iria enfrentar, peguei o pão feito por minha mãe, ouvi todos os conselhos de tomar cuidado e fui com meu pai pela estrada de terra. Ele fazia aparecer cada morador antigo de quem não se tinha notícias há anos, e o prazer era visível no seu rosto. Lembra dos Lopes? Eu não lembrava, mas não tinha importância, ele lembrava e ia contando.

– Eles moravam nessa casinha aqui, a mais pobre do lugar. Nós sempre dávamos algumas galinhas pra eles não precisarem roubar. Mas antes eles moravam numa casa ainda pior, na beira da sanga, lembra?

Eu não lembrava.

– Quatro filhos, mais os dois, numa casa do tamanho do nosso quarto. Era triste de ver. Mas todo mundo ajudava um pouco, e depois de um tempo eles já estavam melhores. Você estudou com os dois mais velhos, lembra?

– Vagamente. – Não pude impedir a imagem de um garoto loiro, alto e magro, meio desengonçado que derrubei da ponte numa briga e depois, de susto, corri para socorrê-lo.

Mas meu pai já estava falando de outro morador, e era o velhinho, avô de uma amiga de infância de quem eu não lembro mais o nome. Naquela casa, fui ao primeiro velório que lembro mesmo. O da menina assassinada foi antes, mas não me lembro dele, não de verdade. Senti um arrepio no corpo, e já estávamos passando pela casa do homem que vi enforcado. Perguntei a meu pai se ele lembrava. Claro que lembrava. Aquilo foi feio, foi a resposta do pai. Feio e triste.

Cada uma daquelas casas tem uma história. E cada um dos moradores atuais ou antigos também. Basta passar na estrada e, como um imenso fichário, a casa se abre e mostra seu interior. Cada história com sua potência e seu drama próprios, pensei e emendei com aquilo que vinha sentindo ao observar meus pais de manhã na cozinha. É isso que assusta tanto. Ter consciência de que cada pessoa que passa na sua rua sabe quem você é e aquilo que aconteceu a você. Não exatamente quem você é de modo a dar espaço para alguma ambivalência, mas só aquela fachada conhecida por todos e que se gruda na sua imagem com as tintas do fracasso ou do sucesso. Quais eram as imagens que meu pai tinha de cada pessoa daquelas casas? O acontecimento mais difícil, aquele que não se apaga. Todas as pessoas estavam definidas pelo seu sofrimento ou pelo raro que aconteceu com suas vidas. Todos irremediavelmente marcados. O que dizem quando passam na frente da casa dos meus pais? Meu pai já contava outra história.

– Aqui morou um tempo um caminhoneiro sozinho com seu filho. A mulher deixou os dois. O menino praticamente se criou sozinho. Já tinha uns oito ou nove anos. O pai viajava e pedia para as vizinhas vigiarem o garoto. Você deve se lembrar dele porque depois, mais velho, frequentava nossa casa. Ficou amigo das suas irmãs. Imagina, um homem sozinho com um filho.

É, eu imaginava. Um filho sozinho com o pai viajando. Ainda bem que aqui todo mundo ajuda todo mundo. E então pensei que por isso tinham o direito de saber da vida de todo mundo. Ali, definitivamente, é um mundo à parte de tudo. Ao mesmo tempo protetor e ameaçador.

Meu pai ia alegre, e logo chegamos à casa da professora. Eu imaginava que deveríamos conversar sobre o que aconteceria em seguida naquela casa desconhecida perto do rio, mas Alice adotou a mesma atitude de meu pai.

– Lembra das irmãs Rosa que moravam aqui? Vocês brigavam muito. Depois elas foram embora, foi um alívio. Eu sempre achava que um dia iam te machucar de verdade. – Eu não me lembrava dos nomes, mas sim das cenas. – E aqui morou aquele professor estranho, lembra? O que se apaixonou pela sua amiga.

Eu já nem conseguia pensar. Eles se lembravam de tudo. Até de coisas que eu achava que tinha inventado. Coisas vagas para mim eram repetidas e tinham se tornado sólidas na vida daquelas pessoas. Os monumentos da cidade eram os acontecimentos na vida das pessoas.

Chegamos à casa do viúvo. Uma fumacinha saía do telhado, e a janela da cozinha estava aberta apesar do frio. Enquanto batíamos as portas do carro, um homem de botas apareceu de trás da casa, com um maço de folhas na mão. Era guaco, ele devia fazer um chá para aquela tosse, ele disse, depois de tossir uma tosse profunda e de escarrar para o lado. Sua roupa estava limpa e, apesar do escarro, tudo o mais recendia a folhas e flores e o ambiente não tinha nada de assustador, mas de agradável.

– Viemos visitar o Godói, ele está em casa?

– Sim, sim, está lá dentro. Vão entrando, passem por aqui. – E abriu a porta do cômodo, ao mesmo tempo sala e cozinha.

Nessa época do ano, o lugar de receber visitas é ao redor do fogão. E lá estava, atrás do fogão, sentado na caixa de lenha, o homem que podia ser o assassino de Soeli Volcato. Não foi sem emoção que olhei aquele rosto abatido, mas ao mesmo tempo desafiador. Não dava para decidir se no canto da boca estava pendurado um sorriso sarcástico ou um pedido de clemência. Ele era, à primeira vista, ilegível. Vestia uma blusa de moletom velha, com uma estampa apagada que lembrava uma montanha. O homem estava com a cuia na mão e não fez menção de se levantar. Permaneceu imóvel, apenas cumprimentando com o olhar e depois de um tempo estendeu a mão a meu pai. Coube a ele falar primeiro, então.

– Essas mulheres vieram falar com você. Uma é minha filha – disse, apontando para mim. – A outra foi professora dela e é nossa amiga. Mora aqui em Simões Lopes, mais distante um pouco. Minha mulher é filha dos Tommasino, acho que você deve lembrar, aqui de Simões Lopes. – Meu pai gostava mesmo daquela palavra. Ou talvez fosse a senha para tudo. Lembrar.

O homem só assentia com a cabeça, enquanto o viúvo nos fazia sentar nas cadeiras que tinha trazido de outros cômodos. Pelo jeito, eles ficariam na conversa, de novo uma roda de chimarrão.

– Soubemos que o senhor está doente – começou Alice. – Como está se sentindo?

Ela sabia mesmo que tinha que fazer uma pergunta direta para dar a chance de o homem falar.

– Assim, assim – ele respondeu. E todo mundo entendeu.

Eu tinha consciência de que era a pessoa estranha ali, a pessoa de fora. Mas não tinha previsto que o homem se dirigiria diretamente a mim e que o interrogatório seria inverso.

– E você, mora onde? – ele disse, me olhando fixamente, como num ataque, com certo desafio no olhar que, sim, assustava um pouco. Me recuperei rapidamente e respondi que no Rio de Janeiro, era professora também e estava ali para… Mas ele cortou.

– Tem filhos?

– Não.

– Um jardim sem flor. Mas é casada?

– Sim.

– E o marido, faz o quê?

– Professor, também.

– Todo mundo quer ser professor. Boa profissão.

Sorri. Não valia a pena continuar a conversa por aí. Já tinha apresentado minhas credenciais. Nenhuma conversa começava sem responder a essas perguntas que, pelo jeito, definem quem se é.

Minha professora puxou o fio pelos estudos do Godói, que no fim das contas eram quase nada. Tinha feito a primeira e a segunda séries, disse ele, para aprender a ler e a escrever. Quando o pai viu que sabia escrever o nome e ler a lista de coisas para as compras na mercearia, disse que já era hora de sair da escola e trabalhar com o pai. Antigamente era assim, disseram o viúvo e meu pai quase ao mesmo tempo. E eu percebi que com toda essa plateia não havia nenhuma chance de o homem falar sobre aquele passado que tinha me levado até ali.

– Escuta, Godói, eu queria escrever sua história. Por isso vim aqui hoje. Você acha que eu poderia voltar sozinha amanhã e nos próximos dias para você me contar um pouco dela?

– É um trabalho para a escola, professora? – ele disse, sarcástico, olhando para mim e para Alice ao mesmo tempo. Alice se limitou a sorrir, estava brava com a antiga aluna, aquela era uma manobra pela qual não esperava.

– Pode pensar assim, se quiser – respondi. – É uma tarefa que me impus quando soube que o senhor tinha voltado para cá e fiquei imaginando o porquê. Quando buscava a resposta imaginei que o senhor gostaria mesmo de falar, senão por que teria voltado?

Ele sorriu e esperou pela continuação, sem confirmar ou negar o que eu dizia. E então, bruscamente, com um pouco de rancor na voz, disse de uma vez:

– E por que a minha história? O que tenho de tão diferente que possa servir a você?

– Não a mim. Mas o senhor é um homem misterioso. Viveu um tempo aqui e depois foi embora e depois voltou. Só isso é motivo para a gente querer sua história. Mas o senhor sabe que não é só por isso. – E parei de falar. Não queria mencionar desde já a menina assassinada.

– E as pessoas ainda falam?

– As pessoas não esquecem – disse meu pai.

– Então vocês querem saber se eu matei a menina. Me olham e não sabem a resposta. Mas a polícia já perguntou. E eu já respondi. E não estou preso.

– Por isso mesmo, seu Godói. Não estamos aqui para acusar, estamos aqui para passar a limpo a antiga redação. Porque, nela, o senhor matou.

– Então tanto faz. Diga eu o que disser, nada vai mudar.

Meu pai não aceitou o acordo tácito da inocência e acabou dizendo:

– Confessar um crime é um grande alívio. Se existir mesmo o inferno, o senhor talvez se livre dele.

O homem sorriu com a inocência sincera. E concordou que no dia seguinte começaria a contar sua história. Só para mim. Não ia ficar falando para uma plateia, ele não era bicho amestrado nem palhaço.

Só então me lembrei de oferecer o pão que ainda tinha nas mãos, esquecido. A cuia já tinha dado algumas voltas pela roda e estava de novo nas mãos do homem, que a colocou na beira do fogão e pegou o pão, desdobrou a toalha, viu e cheirou e passou ao viúvo, que colocou sobre a pia, devolvendo o pano de prato já dobrado. Meu pai foi logo se levantando, a professora também. A visita estava terminada.

A luz do cômodo vinha toda da janela de trás do fogão, de onde estava o homem. De modo que para mim, que tinha sentado de frente para ele e para a luz, ao me levantar e passar os olhos pelo resto da casa, não aparecia muita coisa, cegada pela mudança brusca entre a luz e o escuro. Somente quando o viúvo abriu a porta, vi de relance o sofá velho, uma cadeira de palha e a televisão no outro extremo da casa. Daquilo que era uma sala minúscula, saía uma porta para o que presumi ser um quarto. Dali onde estávamos, próximos ao fogão, saía outra, para outro quarto. As duas portas estavam fechadas, e era fácil de ver que a casa era um quadrado. Do lado de fora, como em todas as casas do lugar, havia uma área aberta que tomava toda a extensão da casa. O viúvo gostava muito de samambaias. Elas pendiam protegidas por um pano de tela por toda a parede da área. As botas brancas de borracha que o homem calçava quando chegamos estavam jogadas na entrada. Me virei para olhar a casa assim que saí dela, já com o calçado nos pés, e fiz um tchau com a mão. Enquanto meu pai ligava o carro, ainda olhei uma última vez para os dois homens e depois para a horta bem cuidada do viúvo e para a grande árvore com um balanço feito de pneu. Alguma criança brincava ali? Ninguém sabia responder.

A antiga professora, magoada, não falou nada durante o pequeno percurso até sua casa. Meu pai se limitou a dizer que o homem parecia tranquilo.

No dia seguinte, cheguei logo depois do almoço, e quem me recebeu na área da casa foi o próprio Godói. Caminhava com esforço, passos curtos, como se não tivesse forças para levantar os pés do chão. Enquanto eu me ajeitava na cadeira colocada entre a pia e o fogão, ele preparava o mate. Cinco colheres de erva verdíssima na cuia, depois aquela virada clássica para acomodar a erva com a ajuda de um prato, deixando apenas um pequeno furo por onde entra a água morna e depois a bomba. O homem limpou as mãos num pano de prato meio encardido e tomou seu lugar, o mesmo do dia anterior, atrás do fogão, sobre a caixa de lenha. Usava o mesmo moletom e uma calça jeans velha um pouco larga, sem cinto, que ele puxava para cima com uma das mãos enquanto com a outra segurava o mate. Coloquei o celular sobre a pia perguntando se podia gravar a conversa e ajeitando o caderno sobre os joelhos. Luiz Godói puxou com força o mate, que ainda não estava bem curtido, a erva sem assentar direito, ergueu os olhos mexendo na bomba:

– Acho melhor começar sem o gravador. – E depois de uma pausa: – Acho melhor sem o gravador.

A porta tinha ficado aberta, assim como a janela do outro cômodo. Toda a casa estava bem iluminada e, apesar de uma leve corrente de ar, o sol estava quente e o fogão também.

– Quando eu era jovenzinho, tudo aqui era diferente. Como os outros que andavam comigo, eu era bem revoltado. Pra você ter uma ideia, a gente morava cada tanto num lugar, e eu não era de ter muitos amigos. Não me preocupava muito com ninguém porque do dia pra noite o nosso pai podia chegar da bodega e dizer: juntem os trapos que nós vamos morar em tal lugar. E não tinha o que discutir. Era levantar a trouxa e se mandar. Geralmente por alguma dívida que não conseguia pagar, ou porque o dono pedia a casa onde a gente estava vivendo ou porque não aparecia trabalho. E todo mundo começava a arrumar suas coisas até o pai chegar com o caminhão da mudança. Caminhão não, qualquer carro, até uma carroça velha puxada por dois bois, qualquer coisa que levasse as tralhas.

Ele remexeu um pouco o mate, tomou alguns goles e retomou a conversa:

— Antes de Simões Lopes, a gente morava em Coronel Freitas. Meu pai, meus irmãos e eu chegamos lá para trabalhar fazendo estrada, de peão mesmo. E, quando a estrada passou da cidade rumo a Simões Lopes, viemos vindo com ela. Trabalhamos na estrada aqui também, essas estradas todas foram feitas por nós. Depois acabou isso tudo, mas o lugar era bom e todo mundo precisava de trabalhador de empreitada, e o pai ainda achou como convencer os homens a fazer a ponte, aquela ponte que levava para as terras do teu avô. Tua mãe não é filha do Tommasino?

Apenas fiz que sim com a cabeça e ele nem me deu tempo de dizer mais nada:

— Pois então. Simões Lopes era bom. Veio uma turma da construção da estrada, naquela época faziam os barracos na beira da estrada, mas nós não, nós fomos viver na beira do rio, porque um amigo do pai, ou amigo de um amigo do pai, um homem que devia favores ao pai, nos deu um lugar pra fazer uma casinha. E fomos fazendo. O pai trabalhava de carpinteiro e foi ensinando os filhos também. No começo era mais um barraco que casa, mas depois, conforme ele ia pegando empreitadas, a casa foi virando casa mesmo, e no fim já era uma como essa aqui. Não digo que tinha móveis-móveis, sabe, as camas eram de palha, e umas cadeiras que o pai pegava aqui e ali e reformava. As minhas irmãs tinham direito de ir à escola, eu e meus irmãos, como falei ontem, só aprendemos a ler e a escrever. Depois, era roça ou construção.

Sem pausa, Godói me passou a cuia de mate e continuou a história.

— Acontece que fomos fazendo umas amizades e as amizades eram boas. Só tinha um cara um pouco mais velho, você deve conhecer, ou pelo menos a tua mãe conheceu, o Siqueira. Um rapaz quieto, que já tinha tido mulher e tudo, mas os outros todos solteiros e as meninas gostavam da gente. Ficavam olhando nossa dança. A turma arrepiava em bailes e festas, mas quem disse que os pais deixavam as meninas namorar com a gente? Eu não entendia direito o que era isso, mas diziam que não se misturassem com más influências. Más influências por quê, meu Deus? Todo mundo rapazinho como outro qualquer. Mas ninguém ia pra igreja. E aos poucos fomos ficando más influências mesmo. Demos pra brigar e assustar as meninas. Todo mundo tinha medo da nossa turminha. Era bonito de ver.

Dava para perceber que ele estava contente com essa parte de seu passado. Orgulhoso mesmo. Voltou a encher a cuia de mate e seguiu com a conversa, que fluía tranquila.

— Moramos aqui em Simões Lopes uns bons dez anos, acho. Mas a vida ficou boa mesmo depois. Depois, quando fomos morar em Itajaí, eu me aprumei, casei, fiquei um bom tempo casado, sabe? E, verdade seja dita, o velho acalmou um pouco e a família foi progredindo. Só meu irmão menor que não teve jeito. Não dava certo no lugar, muito revoltado, saiu de casa e depois acabou morto num assalto em Florianópolis. Voltou para ser enterrado. Isso acabou com o pai e a mãe, um ano depois morreram os dois, mortinhos, de desgosto, mas também de velhice e bebida. Ficou tudo nas minhas costas, e no fim ele gritava que se não fosse por minha causa, tinham ficado em Simões Lopes e o meu irmão estaria vivo. Eu me revoltava porque o que eu tinha a ver com isso? Meu irmão era meu irmão, ele era ele, e eu era eu, não podia com ele, decidir a vida por ele. Eu cuidava de mim e ele que cuidasse dele.

Somente nesse momento é que seu olhar ficou um pouco vago, a cuia esquecida na mão esquerda, como se ele mesmo estivesse já em outro lugar:

– Depois que o meu irmão morreu, tudo foi ficando ruim e eu fui desgostando do lugar, peguei pra brigar em tudo o que era bodega, minha mulher deu no pé e eu fiquei meio perdido. Aí minhas irmãs quiseram ficar lá, já estavam meio de namoro, uma delas casou, e ficaram, mas eu dei no pé. Desapareci. Estive em muitas cidades por aí, onde encontrava trabalho eu ia ficando, até que voltei para cá porque voltei a trabalhar na estrada, agora fazendo asfalto, e calhou de fazerem o asfalto justo aqui. E um companheiro meu desse trabalho do asfalto estava conseguindo se aposentar e me deu as dicas pra eu conseguir também, principalmente porque, você já sabe, a professora falou ontem, eu estava já meio doente e me dei conta de que eu também estou ficando velho.

Deu outra pausa para puxar o mate, encheu a cuia e passou para mim, com um sorriso.

– Pronto. Essa é a minha história. Não foi muito demorado, né?

Peguei a cuia e puxei o mate, que na minha família se chama chimarrão, mas eles aqui dizem mate. E, sorrindo também, disse:

– Não é toda a história.

– Toda não. Mas o grosso. Puxe daí o que quer saber.

– Primeiro, me diz da sua doença.

– Quando já estava terminando o asfalto aqui, num dia de tarde, comecei a sentir dor na barriga, parecia que estavam me esfaqueando e eu pensei que estava louco, era castigo de Deus, pra pagar meus pecados. Fiquei caído na beira da estrada, e meus companheiros sem saber o que fazer. Até que o chefe da equipe chegou de carro e me colocaram no banco de trás, sujo daquele jeito mesmo, e me levaram pro hospital ali de Coronel Freitas. Fiquei lá uns quinze dias, me operaram, câncer no intestino. Graças a Deus me salvei, não devo ter dívidas com ele. Perdi contato com a minha família, mas recebi um dia a visita desse dono da casa, que eu nem sabia que morava aqui, mas se lembrava de mim daqueles tempos passados aqui de Simões Lopes e me deu guarida.

– O que ele é seu?

– Um padrinho, digamos assim. Eu não consegui me aposentar, mas me encostaram no SUS por causa da doença. A empresa fez tudo e agora já estão fazendo asfalto lá em Santo Antônio do Meio, se não me engano, e vão seguir até asfaltar tudo. Asfalto não para, é o que dá voto agora nesse interiorzão. Povo não quer mais lama. Estrada de terra é roça, e todo mundo quer encher a boca pra dizer que mora na cidade. E onde é a cidade? Onde tem asfalto. O trabalho não vai faltar pra quem faz asfalto. A empresa pode mudar do dia pra noite os funcionários todos, mas também não é tão fácil assim arrumar trabalhador pra isso aqui no interior. Cada um nas suas terras, os filhos na cidade, foram ser professores. Não é? Bom, acontece que me fecharam com o câncer ainda. Tiraram um pedaço do intestino e fecharam de novo, o médico explicou. Não deu pra tirar tudo. Aos poucos o bicho vai me tomar todo por dentro, ele disse. Já está chegando no pulmão, já foi pro fígado, mas é engraçado, não sinto muita dor.

Levantando brevemente o moletom, ele completou:

– O pior é esse saquinho. Me sinto bem só tomando os remédios que o viúvo vai pegar pra mim de quinze em quinze dias. Esvazio a merda duas vezes por dia. Mas o médico disse que me dava seis meses e quando eu voltasse ao hospital não sairia mais. Então estou aproveitando essas férias aqui, sabe? Tomando meu mate, falando com quem chega, todo dia trabalho um pouco na horta, me faz bem e é um jeito de pagar a hospitalidade. Ali mais pra baixo temos umas galinhas fechadas, senão bicam as verduras todas, dou comida pra elas quando me sinto forte pra caminhar, sabe, dar uns passinhos, às vezes caço uns passarinhos pra manter o hábito. Mas me canso muito rápido, a maior parte do tempo fico deitado.

– E como é a sensação de saber que vai morrer?

– Ué, todo mundo vai morrer.

– Mas você não tem medo? As pessoas não sabem quando vão morrer. Não acordam todos os dias lembrando que dentro de seis, cinco, quatro meses podem estar mortas.

– Você se acostuma. É normal. Não tem nada de especial.

– Você se arrepende?

– Está falando da menina?

– Estou, sim.

– Não tenho do que me arrepender.

– O que aconteceu naquele dia?

Luiz Godói pediu licença e foi ao banheiro no mesmo momento em que o viúvo entrava na cozinha com uma sacola cheia de mantimentos. Voltava do armazém com feijão, arroz, óleo, açúcar e café, que foi tirando da sacola e colocando no armário sobre a pia, dizendo que o sol ainda estava quente lá fora. Pegou a cuia que estava parada no canto do fogão, encheu de água e bebeu.

– Este mate já está lavado – foi logo dizendo e retirando a erva da cuia para colocar a nova. E estava mesmo. Eu me sentia verde, tinha bebido muitas cuias, esquecida de agradecer e fazer a roda parar.

O viúvo já tinha tomado umas três cuias quando Luiz Godói voltou do banheiro e de novo se colocou atrás do fogão, perguntando ao outro se iam trabalhar na estufa de verduras agora. Entendi que a conversa tinha terminado por aquele dia. Mandei uma mensagem ao meu pai e, enquanto ele não chegava, fui com os homens ver a horta. O viúvo ia mostrando cada pé de alface, de várias espécies, crespas, lisas, cabeçudas como repolhos, e depois passou aos chás, às ervas aromáticas todas, e tinha um canteiro de mudas miúdas que era hora de transplantar. Era com o que se ocupariam nessa tarde, quando ainda tinha sol, e depois fechariam a estufa para a geada não matar as plantas.

– Com esse cuidado, dá pra plantar e transplantar o ano inteiro – disse o viúvo. Era ele que carregava terra para a estufa e cuidava das coisas mais pesadas. O outro trabalhava sentado numa pequena tora de madeira, fazendo mínimos sulcos na terra com uma faca velha e colocando as mudas de uma sementeira ali, uma a uma. O plástico dos lados da estufa estava levantado, e o vento já era cortante. As mãos dos homens logo estariam vermelhas pelo contato com a água, a terra molhada e o vento. Eu tinha as minhas nos bolsos e o caderno com o lápis embaixo do braço. Olhava insistentemente a estrada, desejando que meu pai chegasse logo. E de fato, logo ele chegou, nem desceu do carro, só acenando de longe. Me despedi, confirmando:

– Na mesma hora amanhã?

– Na mesma hora – disse o Godói.

Da estrada de terra ainda olhei os dois homens trabalhando até a distância deixá-los minúsculos e só então respondi à pergunta do meu pai sobre como tinha sido a conversa.

– Assim, assim – respondi. E ele entendeu. – Ainda não chegamos na menina.

Na tarde seguinte, achei a casa um pouco mais escura e o interlocutor menos interessado em falar, talvez mais abatido. Enquanto apontava meu lápis e pensava num jeito de começar a conversa, naquele pequeno instante de silêncio no qual o outro apenas tomava o mate e olhava para algum lugar no passado, ausente do entorno do fogão, pude olhar para ele sem receio e vi um rosto bastante amarelado e cansado. Um rosto que já tinha sido assustador, traços fortes, sulcos fundos, um rosto meio quadrado, sem barba, o nariz balofo e grandes bolsas sob os olhos. E foi nesse pequeno instante que pude identificar um cheiro que impregnava tudo. Não queria definir logo o cheiro que experimentava como o cheiro da morte, mas era, sem nenhuma dúvida, um cheiro de putrefação, o cheiro de um corpo se desfazendo por dentro. Ou era o cheiro que se desprendia da pequena bolsa presa ao corpo do homem por baixo do mesmo moletom do dia anterior. O certo é que o cheiro impregnava a casa e parecia se desprender dela. Era difuso e ao mesmo tempo intenso, exalava de tudo. No dia anterior, observei, as duas janelas estavam abertas, então ele não estava tão presente, mas hoje, quase disse alto, hoje está forte mesmo.

Aproveitei que o Godói levantou os olhos e comecei a falar:

— Ontem paramos na pergunta sobre dia do assassinato da menina.

— Você quer saber o que eu fiz naquele dia?

— Como foi aquele dia.

— Como foi aquele dia. Mais de quarenta anos. Me lembro de algumas coisas como se fosse hoje. A menina morta no chão da capoeira. A saia levantada. Mas antes quero te contar uma pequena história. Um compadre meu, o Santos, tinha um filho de dezesseis anos. Rapaz forte, trabalhador já, alegre, bonitão, as moças sempre querendo ficar por perto dele. Rapaz bom, sabe? Gostava de contar umas piadas e era mais alto que o comum dos outros rapazes, tinha uns brações, vê? Às vezes se escorava na enxada e ficava contando coisas que tinha aprendido na escola, porque ele não tinha parado de estudar como todo mundo ali, ele queria ser alguma coisa, não sei se padre ou médico, mas o certo é que ele estudava numa cidade perto de onde os pais moravam e, quando voltava pra passar as férias grandes, ia pra roça como todo mundo e ficava contando as coisas da cidade e da escola. Vez ou outra aparecia com alguma amiga ou algum amigo, e era sempre bom quando eles chegavam porque não tinha amarração, ninguém tinha que se cuidar com o que dizia, com as palavras erradas, ou com o tema mesmo do que falava. Com ele a gente podia falar de tudo e ele entendia de tudo. E adorava o pai dele e a mãe, também, claro. Ele não tinha nenhum irmão, porque a mãe tinha um problema no útero, a gente dizia que era o útero pequeno, um útero que não se alargava, que não era elástico, não sei se você já ouviu falar sobre essa doença. Não? Mas o certo é que a mãe não podia ter outro filho e já era um milagre ter tido aquele. Isso ele mesmo contava, o pai e a mãe também. Não era segredo de ninguém. Então, por ser um filho só naqueles anos que todo mundo tinha quatro, cinco, talvez por isso, era tudo meio especial, sabe? Os pais amavam o filho e o filho amava os pais. E até nós, que não temos nada a ver com a família, nos sentíamos amados. Entre nós não tinha distinção. Eu era mais velho que ele, claro, regulava com a idade do pai, mas a gente se dava bem e até amansamos uma égua juntos. Mas por que tudo isso? Quero que você entenda o quanto esse rapaz era bom, era do bem mesmo, e o quanto eu gostava dele e ele de mim e dos pais e de todo mundo. Não era um guri problema. Não ficava bebendo que nem um porco como os de hoje. Não, ele era correto, queria ser padre ou médico ou até juiz. E qual foi a paga disso tudo? Qual foi a paga para um rapaz bom, uma mãe boa, um pai bom? Eles nunca tinham dado um tapa no rapaz, viu? Num tempo em que a gente apanhava todo dia de cinto, de vara e de soga. Pois é. Um rapaz que dava risada e dizia que nunca tinha apanhado. O pai dizendo sempre, secundando, "Não botei filho no mundo pra apanhar, ele não pediu pra nascer". Pois é. Bonito, né? Imagina meu velho dizendo isso. O contrário. Filho é que nem gado, se não apanha não obedece. Então. Pra encurtar a história, ele morreu. Do dia pra noite. Como um pé de mamão na geada.

Ele disse isso olhando pela janela, por onde eu também podia ver o mamoeiro seco e murcho, queimado pelo gelo das madrugadas.

– O José, o nome dele era José, não conseguiu levantar da cama numa manhã porque o lado esquerdo do corpo estava paralisado. A mãe achou que era uma de suas brincadeiras e mandou não fazer corpo mole que naquele dia podia ser que ela mudasse de ideia e lhe desse umas chineladas. Como ele não respondeu nada de volta, ela deixou o que estava fazendo, o mate, sei lá o quê, na cozinha, e saiu às carreiras pro quarto e ele estava chorando. Não conseguia mexer nem o braço nem a perna esquerda. Ela começou a gritar pelo pai, que estava fora da casa, lidando com as vacas de leite, e ele acudiu rápido. Levaram o José pro hospital. Não internaram ele pelo SUS, foi tudo particular, excelente, não mediram dinheiro pra tratar do filho. Só que os médicos disseram que ele não tinha nada. Não tinha nada. Tinha sido um derrame, parecia, mas ele estava com o sangue bom, com as taxas boas, era um rapaz de ferro. E não tinha jeito de fazer ele melhorar. Depois de uns oito dias, mandaram ele pra casa. Era pra fazer fisioterapia que ele ia voltar ao normal. Mas você tinha que ver. A boca ficou torta, a perna não mexia, nem o braço. Ele ficava a maior parte do tempo na cama ou numa cadeira que a mãe forrou com um edredom florido. Todo mundo ia lá pra ver o rapaz. Ele tentava fazer as suas piadas, mas a boca não ajudava. Todo mundo tinha pena. Uns dias depois, outro derrame e ele não conseguia mais falar nada, só saíam da boca uns gemidos. A língua enrolada. Os pais desesperaram. Foram até a um terreiro. Fizeram macumba de volta porque disseram que tinham feito uma braba pra eles. E olha que os pais eram católicos como só. Como todo mundo aqui, na verdade. Agora que estão aparecendo uns pastores, umas outras igrejinhas aqui e ali. O certo é que faziam benzimento da igreja, novena e também os despachos da macumba. Tudo eles fizeram, mas o rapaz morreu. Não teve jeito. Nada foi de ajuda. O negócio era incurável. Os médicos não achavam nada, e ele simplesmente morreu sem ninguém entender nada. Pensa bem. Um rapaz bom, uma mulher que não podia ter outro filho. Um pai que não batia no filho. E como eles foram pagos por todo esse amor e esse carinho? Como o filho bom foi pago?

Eu me limitava a concordar com a cabeça. Não entendia aonde ele queria chegar, mas também não queria arriscar uma pergunta errada. Sabia que ele precisava dessa história para falar sobre o que eu queria ouvir, e bem cedo entendi também que o homem não falava comigo, mas buscava respostas para as próprias questões, e cumpri bem meu papel de interlocutora dócil.

— Depois, teve uma outra menina com a mesma doença. Ninguém sabia o que era. Ela também ficou paralítica. E os pais dela conheciam os pais do outro. Se desesperaram. De novo: a menina era a melhor da escola, ela era menor, tinha uns sete, oito anos, talvez nove, mas ainda ia na escola da comunidade. Tinha talento pro canto, cantava na escola e na igreja, todo mundo amava a menina. Era alegre, ria alto, brincava com todo mundo. Qual foi a paga? Ficou paralítica. Mas pelo menos essa não morreu. Se salvou. Ficou um pouco ruim das pernas, mas hoje em dia trabalha, tem filho, dizem que ainda é alegre, mas por que isso teve que acontecer com ela? Por que ela ficou paralítica por um tempo? E por que ninguém sabe até hoje qual foi a doença? E por que isso acontece com quem é bom? Essa menina, agora que é uma mulher, estava me ajudando na aposentadoria. Me ajudando de verdade, sabe, mesmo não desconhecendo tudo o que dizem de mim por aí. Ela falou com um monte de gente, preencheu os papéis naquilo que eu não entendia. Não consegui me aposentar, mas agora tudo bem, não preciso mais. Me disseram que tenho um seguro de vida daqueles do trabalho e que posso deixar pro viúvo como paga por esses seis meses de hotel.

Sem me perguntar se queria mais mate, simplesmente colocou a cuia de lado, perto do cano do fogão a lenha e, sem interrupção, chegou ao ponto que eu esperava:

– Todo mundo morre e isso não tem explicação. Sei muito bem que falam que fui eu, mas, veja bem, cheguei no lugar que ela estava quando já tinha gente lá. E foi um choque. Ela estava morta mesmo e quando entrei na capoeira vi logo aquele corpinho de menina virado com as pernas pra mim e com a saia levantada. Eu quase quis voltar, mas estava querendo ver. Sabe como é, homem é bicho curioso. Eu entrei mais no mato e via as pernas da menina, os pés com os tênis, a saia levantada e as calcinhas de menina. Era triste de ver. Só depois vi mais pra cima, o corpinho, os braços abertos e o rosto ensanguentado. Como eu ia ter feito uma coisa dessas? Na época, dei muita surra em marmanjo, mas uma garotinha? Quando ela estava viva, eu tinha raiva, via as atitudes da mãe e do pai, que se achava o deus do lugar. Mas ali, assim, derrubada, me deu foi pena. O Siqueira também chegou quase junto, a gente tinha ido tirar a madeira do rio, e nenhum dos dois pôde descansar naquele dia. Nem de noite, porque depois viramos suspeitos e tivemos que passar a noite na escola. Não deixaram a gente conversar nenhum minuto, o Siqueira tinha dor de dente, lembro bem, e tinham certo que eu ou ele ou nós dois tínhamos feito aquilo com a menina. Por quê? Por que a gente? Bom, como você deve saber, teve aquela bagunça na festa, e achavam que era nossa vingança. Mas que tipo de homem ia se vingar numa criança? Se era pra me vingar, eu ia matar aquele sem vergonha do pai dela. Até hoje tenho vontade de bater na porta dele e sem falar nada enfiar três tiros naquele bigode. Ele bem que merecia, mas a menina não. Eu não tive nada a ver com isso. E você sabe que não tive, senão não teria vindo aqui falar comigo. Senão a polícia teria me prendido. Um homem sem onde cair morto. Se todo mundo fala que sou o assassino e não estou preso, é claro que sou inocente. Não conseguiram, nem inventando provas, me prender. Sorte de Deus? Eles podiam ter inventado qualquer coisa e me trancafiado, mas não fizeram. Meus únicos amigos eram do bando. A gente dizia bando, mas nem revólver ninguém tinha. Andávamos de facão porque na roça precisa. E só. Mas dizem que ficaram com medo de nós. Que se prendessem um, os outros matavam todo mundo. E pode ser que acontecesse mesmo. Porque era uma injustiça. Se me prendessem, meus irmãos e meu pai iam matar o bigodudo ou um filho dele. Se prendessem o Siqueira eu ia matar o bigodudo ou um filho dele. Simplesmente porque não tinha sido o Siqueira. E não tinha sido eu o assassino. Iam nos prender porque não gostavam de nós, só isso. Mas a polícia não caiu na conversa deles e eu tô aqui.

E depois de uma pausa:

— Como eu sei que não foi o Siqueira, você vai me perguntar. Porque trabalhamos juntos a manhã inteira e depois fomos tirar a madeira do rio. Foi trabalhoso, voltamos pra casa mortos de fome e nos despedimos nem dez minutos antes de começarem a chamar pelas estradas e a dizer que a menina estava morta. Como ele ia fazer isso em dez minutos? Vinte, que seja. Eu estava com o prato de feijão e arroz na minha frente, nem tinha acabado de comer, ia deitar um pouco antes de ir pra roça de novo, e aquela agitação toda, as mulheres correndo pela estrada procurando a menina. Não dava tempo do Siqueira fazer alguma coisa. Ele era o mais quieto de nós todos. Nunca dizia nada, ficava mascando um capim e olhando por baixo, meio enviesado, e ponderava qualquer palavra. Não tinha sido ele. Até pensei que pudesse ser quando vi a menina. Porque a primeira coisa que me botei a pensar foi: quem foi? E quem de nós vão culpar?

– Por que você pensou, quando viu a menina, que pudesse ter sido ele? O que levou você a pensar assim?

– Foi um segundo, aquele segundo antes de raciocinar, sabe? Os caras, os policiais, só queriam que a gente confessasse. Fizeram de tudo. Me deram uns tapas na cara, colocaram o revólver na minha boca. Disseram que o Siqueira tinha dito que fui eu, mas que eles não acreditaram, que achavam que tinha sido ele. Queriam que eu caísse na armadilha. Eu mostrei a eles que não tinha como ter sido o Siqueira. Disse que não ia mentir pra me safar, disse que sabia que o Siqueira nunca mentiria sobre mim. E graças a Deus ele não era medroso e não mentiu. Depois fabricaram a compra de uma corda. Aquilo estava enrolado, mas eu e o Siqueira, a gente sabia, não tinha sido nenhum de nós. E evitamos falar com qualquer um sobre o assunto. Ninguém falava sobre isso, era assunto proibido entre nós. Tinham quase matado o Silvio pra ele entregar alguém, mas o coitado não tinha ninguém pra entregar. E nenhum dos nossos amigos queria que acontecesse o mesmo com eles. Nenhum era garganta, sabe? Nenhum era falador, mas depois do que aconteceu com o Silvio, todo mundo ficou com muito medo de cair nas mãos daqueles filhos da puta. Se quase mataram um filho de boa família, imagine o que fariam com um de nós… Só se foi ele… Achamos melhor ir cada um pra um lado, e dentro de pouco tempo todo mundo se escafedeu. Não ia dar mais pra viver em Simões Lopes. Matando ou não matando a menina, ela estava morta, e todo mundo achava que um de nós tinha matado. Quem ia dar uma empreitada pra nós? Quem ia falar com um de nós na estrada? Quem ia vender fiado o feijão pra mãe cozinhar? Não tinha como ficar aqui. E depois que a polícia permitiu, todo mundo foi vazando.

– Mas se vocês não deviam nada, por que foram embora? Por que não se impuseram? Vocês eram temidos por todo mundo.

Ignorando minha pergunta, ele continuou:

– Agora, esse crime tem explicação. Diferente do que aconteceu com o José, foi uma coisa que eu acho que tem explicação. Se algum homem da comunidade quisesse me apagar acreditando que eu era o assassino, isso ia ter explicação. Por isso tivemos que cuidar um do outro e espalhar uma valentia que ninguém tinha. A macheza era só por fora. Nos fizemos de bandidos pra mandar o recado: que não mexessem com a gente ou ia ser matança geral. Espalhamos a brabeza e prometemos de morte uns quantos. Espalhamos que se mexessem com um de nós, outros filhos iam morrer. E nos deixaram em paz. Mas nenhum de nós tinha coragem de cometer um crime bárbaro desses.

– Um crime bárbaro? Foi exatamente essa frase que ouvi dizerem que o Silvio andou dizendo por aí. Por que você o chamou assim?

– Porque matar crianças é bárbaro. É a selvageria. Aprendemos isso da boca de um dos policiais naquela noite da escola. E todo mundo começou a repetir. A frase era bonita, o policial gostava de dizer isso, e aos poucos fomos nos dando conta do horror. Uma coisa é matar numa briga, num assalto, a valentia de bêbados, a raiva. Outra coisa era matar uma criança em plena tarde. Era um crime de um homem covarde. E eu não sou um covarde. Meus amigos não são covardes. Eu disse pro policial que só podia ser um conhecido dela o assassino. De repente um namorado da menina, um garoto qualquer. Um irmão. Ela tinha um irmão. Ou sei lá, um desses caras que passam de caminhão entregando coisas. Qualquer um que tivesse visto a menina voltando sozinha da escola. O homem que encontrou o boné. Por que não ele? E se fossem os colegas da sala dela? Podia ser. Eles podiam ter esperado por ela, matado e depois ido tranquilamente pra casa. Mas acha que alguém investigou isso? Ninguém.

– Os meninos de onze, doze anos não iam estuprar uma garota. Nem tinham força pra machucá-la tanto, nem deviam ser sádicos a ponto de cortar as pontas dos dedos. Foi coisa de homens.

– Estuprar? Os policiais nunca falaram disso.

– Pense bem. Até na lembrança entregue no enterro estava dizendo que ela lutou pra preservar sua honra.

– Eu não fui no enterro, estava preso na escola. Não vi lembrança nenhuma. Você tem uma?

– Tenho. Minha mãe tem.

– Quero ver. Mas não pode ser. Então dizem por aí que eu fiz isso? Eu sou um monstro? Mas ela não foi estuprada, é mentira.

– Como você pode ter tanta certeza disso? – E, depois de uma pausa, meio reticente: – Estava lá quando ela foi morta?

Recebi um facho de ódio na cara. O olhar tinha transformado completamente o homem que me interrogava e era interrogado. Ele tinha experimentado a armadilha e não sabia bem como sair dela. Nenhuma palavra mais saiu de sua boca. O homem simplesmente se levantou e foi ao banheiro. O cheiro estava forte na casa, e lá de dentro ele gritou que demoraria e que seria melhor que eu voltasse no dia seguinte.

Cheguei em casa dizendo que tudo tinha mudado e que achava que sim, que dessa vez o homem ia confessar. Agora achava que tinha mesmo sido ele. E contei toda a conversa. Minha mãe foi buscar o álbum de fotografias e me deu a lembrança da menina morta.

Lamentava não ter o laudo médico, pois essa prova faria toda a diferença. Se tivesse a foto, a cópia do documento, Luiz Godói olharia para aquilo e teria que dizer algo pelo menos próximo da verdade. Como ele podia afirmar que a menina não tinha sido violada? Eu mostraria a lembrança e leria o laudo que afirmava que sim e veria sua reação. Mas o médico está morto, os documentos desse crime já foram destruídos.

Chegamos à propriedade do viúvo na manhã seguinte com a "lembrança", mas a casa estava fechada e ninguém atendia à porta. Nenhuma fumaça saía pela chaminé, sinal claro de que não havia ninguém ali dentro. Rapidamente, tentei imaginar o que teria acontecido, e a única possibilidade era que ele estivesse no hospital. Perguntamos na primeira casa na estrada e soubemos que uma ambulância tinha chegado de madrugada. Seguimos para o único hospital da cidade, e depois de perder mais de duas horas conseguimos localizar o Godói. Estava num quarto com outros três moribundos, com dois sacos gotejantes presos no alto de um suporte e à sua mão esquerda. Estava numa cama próxima à janela e parecia dormir. Meu pai foi dar uma volta pela cidade, atento ao celular e ao meu chamado quando tudo acabasse. Peguei a única cadeira do quarto fedorento e triste e a coloquei próxima da cama do doente que me interessava. Toquei de leve em sua mão, mas ele não reagiu. Me dei conta de que era a primeira vez que entrava num hospital como visita e não como doente e lembrei de mim mesma deitada naquela cama com vista para o campinho de futebol onde as crianças jogavam numa tarde de domingo no passado. Tinha dez anos e não aguentava mais ficar no hospital. Sabia que não havia na minha vida cena mais triste do que aquela, presa à mangueira do soro e do remédio, sem condições de pensar com alguma lucidez, vendo a vida normal correr pelo campo através da janela, com gritos de gol e abraços suados. Nada a vasculhar num passado de apenas dez anos, nada a pagar, nada do que me arrepender, era a inocência mais pura e ainda assim estava ali, pagando por algum crime, só podia ser, porque não tinha explicação minhas pernas não me obedecerem mais. E então minha própria imagem da infância se metamorfoseou outra vez no homem que tinha diante de mim, e pensei que a angústia dele era maior. Sentiria cansaço e vontade de morrer e acabar depressa todo esse sofrimento, ou quando voltasse dessa ausência demonstraria querer continuar vivo? É fácil optar pelo fim quando não é o meu, pensei, e me lembrei de uma cena do último romance que li, nesses dias mesmo, em que o narrador recomenda aos leitores que, se por acaso quisessem fazer um filme com sua história, que fizessem com que o rosto dele ganhasse, por alguns segundos, as feições daquele que ele via num anúncio que procura assassinos perigosos. O homem que olhava se transformando no homem olhado. Ali estava eu, fazendo o percurso contrário: emprestava meu rosto infantil e inocente ao assassino procurado. Ou a repentina piora da doença não era mais uma prova de sua culpa?

Estava bastante preocupada porque o horário de visitas logo acabaria. Não podia simplesmente deixar a hora passar enquanto ficava sentada quieta na cadeira desconfortável. Peguei na mão do homem mais uma vez, esperando que ele pelo menos abrisse os olhos. Mas ele estava como que anestesiado. Sem consciência. Lembrei que ele podia mesmo estar anestesiado, podia ter passado por uma operação de emergência durante a madrugada e eu teria que dar um jeito de estar ali quando ele acordasse, porque me lembrava bem de que, na única vez que fui operada, antes de recobrar por completo a lucidez, contei toda a minha vida e um monte de coisas proibidas à amiga que me acompanhava. Haveria um espaço muito propício em que ele não teria todo o domínio sobre si e responderia de forma sincera a todas as minhas perguntas. O problema é que todas aquelas outras pessoas do quarto gostariam de falar comigo, contar suas mazelas, reclamar dos parentes. Naquele instante mesmo me olhavam curiosas e esperavam uma pequena brecha para começar a conversa. Eu fingia estar desolada e evitava olhar para qualquer um dos outros doentes, mas sabia que seria difícil que não se intrometessem na minha conversa com o Godói. Por sorte, o velho que ocupava uma cama próxima da parede ligou a televisão num volume altíssimo. O que para mim seria um suplício em qualquer outra ocasião, naquele momento aparecia como um alívio. E o volume alto fez efeito sobre o homem, que se revirou na cama e abriu os olhos.

Não deu tempo de abrir a boca com qualquer pergunta. Luiz Godói fixou seus olhos em mim e começou a gritar, assustado: A menina! A menina! Fechou os olhos outra vez, se debatia na cama e recomeçava: A menina! Os outros pacientes se sentaram em suas camas, alguém tocou a campainha que chamava os enfermeiros, e logo o quarto tinha duas delas. Me afastei da cama e fiquei olhando como as enfermeiras socorriam o Godói, arrumando seu travesseiro e dizendo que tudo bem, que ele estava no hospital, que já estava melhor, que não se preocupasse. Deram uma injeção pela mangueira do soro e ele se acalmou e voltou a dormir. Ao sair, uma delas lembrou que o horário de visitas tinha acabado. Que eu voltasse no dia seguinte.

Voltei no dia seguinte e no outro. Minha mãe foi comigo e, no segundo dia, também a professora. No terceiro, levamos o pastor. Mas o Godói não falou mais nada. As doses de morfina eram altas e ele quase nunca estava consciente. Não havia nada que eu pudesse fazer. A história ia ficar de novo suspensa.

A verdade é que não há como saber com certeza o que aconteceu naquele dia vinte e um de agosto de mil novecentos e oitenta e um. Não dá para saber se o que se fixou como verdade nesses anos todos é mesmo verdadeiro em todos os seus detalhes. Sinto que, para tentar chegar um pouco mais próxima da verdade desse crime, eu teria que colocar meus escrúpulos de lado e forçar a porta dos pais da menina e de Silvio Tommasino, custasse o que custasse, inclusive o sossego dos meus pais e de meus irmãos. Deveria ir eu mesma, ou contratar um detetive que entendesse melhor o funcionamento burocrático, às delegacias da região, fuçar até encontrar algum registro do caso, viver alguns anos de novo em Chapecó e de lá conduzir a investigação sem olhar para trás, sem fazer o inventário dos danos. Deveria ter uma equipe de pesquisadores, investir dinheiro e tempo e, depois de tudo pesquisado até a exaustão, começar de novo a escrever o livro. E nem isso garante que a verdade seria mesmo encontrada.

Mas uma coisa dá para saber de verdade: a menina foi assassinada, foi mutilada em plena tarde, e foi enterrada e depois exumada, e até hoje se pode visitar a vida interrompida no cemitério da cidadezinha próxima a Simões Lopes, aonde sua tia vai, de mês em mês, lavar o túmulo e colocar flores frescas. Dá para saber com certeza da dor de cada um da família dela, que teve sua vida suspensa e depois retomada com todo o horror de ter vivido o assassinato brutal de uma irmã e de uma filha. Vidas que nunca mais puderam ser aquilo que seriam se o assassinato não tivesse acontecido. Dá para saber com certeza que aquele crime marcou profundamente a história dessa cidadezinha pacata e de seus moradores, que depois de mais de quarenta anos ainda usam o caso para convencer suas meninas a não andarem sozinhas pelas estradas, a desconfiar de cada pessoa estranha à comunidade, a olhar para cada estrangeiro como se fosse um assassino.

Em cada uma de suas voltas, essa história dá uma punhalada na minha inocência, naquilo que ainda percebo como uma inocência sem lugar, que teima em ver os homens como simples homens, as mulheres como simples mulheres, marcados e marcadas pelos seus passados, mas passados não incriminatórios antes de tudo. Essa história teima em fazer viver personagens que estavam perdidas para sempre, em trazê-las para habitar aquela parte incompreensível da vida diária, com seus ritmos marcados pelo trabalho e pela rotina, pela falta de entendimento de por que se vive e por que se morre.

Epílogo

No livro *Garotas mortas*, a narradora de Selva Almada conta que foi ver Senhora, uma vidente que joga o tarô para ela em busca de contato com as três garotas assassinadas de quem ela segue as pistas no livro. Os familiares das garotas mortas consultam videntes, e ela faz o mesmo. Não sei se é um artifício ou se é real, porque o livro é uma espécie de reportagem, ou um romance reportagem, e ela fala de suas pesquisas de campo e narra viagens, entrevistas e descreve os arquivos e os processos dessas mortes. Das páginas também pululam outras garotas mortas, como se a cada passo uma nova ossada aparecesse e se impusesse na história dessas mortas dos anos 1980, como a minha morta, até 2014, data que encerra o livro. E Senhora conta a ela a história de La Huesera, a Mulher dos Ossos, personagem mítico como o Homem do Saco, presente também ele na minha infância.

La Huesera, diz Senhora, é uma velha que se esconde em algum lugar da alma e que fala imitando os pássaros, as galinhas e outros animais. Seu trabalho é catar ossos, recolhendo e guardando tudo o que poderia desaparecer. De todos, os ossos que ela mais procura, os que prefere, diz a narradora de Selva Almada, são os dos lobos. E quando volta para sua choupana carregada de ossos, ela começa a montar esses animais, e quando ganham a última peça do esqueleto, imagino que o rabo, ela escolhe uma canção e canta. Enquanto canta, os ossos vão ganhando carne, ganhando pele e pelo. Na continuação do canto, o lobo começa a respirar, ganha vida, como a vaca Catarina do começo da minha história. Só que esse lobo é mais vivo, porque num determinado momento começa a correr e então se transforma "numa mulher que corre livremente rumo ao horizonte, rindo às gargalhadas". A Senhora conta essa história para dar um sentido à história de Selva Almada, e é direta na analogia: "Talvez seja esta a sua missão: recolher os ossos das garotas, armá-las, dar-lhes voz e depois deixá-las correr livremente para onde tiverem que ir".

Selva Almada trabalha com nomes reais, arquivos reais, mas Senhora tem que ser uma personagem inventada, ela é muito poética, suas falas são sempre colocadas em momentos nos quais o leitor precisa de um motivo, e elas dão, então, uma densidade estética à história dura, cruel, que vem sendo contada.

Ela também escolhe terminar o livro com o relato de uma mulher, sua tia, que encontra um homem no meio de uma rua deserta. O homem é maior que ela, está bêbado e seus olhos faíscam. Ele a agarra e tenta levá-la ao milharal próximo à estrada. Ela intui que, se ele conseguir, a matará, e então se salva numa luta corporal. A última frase do livro, lindíssima, é este recado: "O vento norte esfregava entre si as folhas ásperas dos pés de milho, fazia vibrar os talos maduros, tirando um som ameaçador que, apurando o ouvindo, também podia ser a música de uma pequena vitória".

Ao contrário do livro de Selva Almada, o de Patrícia Melo, *Mulheres empilhadas*, não é uma reportagem, é uma ficção. Mas uma ficção que empilha casos e nomes reais de mulheres brutalmente assassinadas. Esse empilhamento sufocaria os leitores não fosse um bem-sucedido artifício da autora: faz a narradora se embrenhar na floresta com índias poderosas e beber ayahuasca. Os transes dão lugar às cenas de vingança mais hilárias: as mulheres assassinadas cobram vida e suas vaginas, separadas de seus corpos, correm livremente por aí como as mulheres-lobos da Huesera, ferindo de volta os seus assassinos. Numa leitura moralista, poderíamos acusar a imaginação da autora de não ser livre o suficiente para não ser presa da própria raiva e impotência diante do número de feminicídios no Brasil de hoje. Mas numa leitura não moralista, como é bom que essa imaginação nos vingue a todas com o riso de escárnio de um clitóris transformado em arma e indo bater na cabeça de um assassino.

Contra a brutalidade do real, a força da ficção. É a arma que essas mulheres encontraram para colocar seus livros de pé. Deveria eu também terminar meu livro com uma cena assim, uma cena na qual Soeli Volcato se transforma numa mulher-loba e devora seus assassinos amedrontados, mijados nas calças? Ou, então, transformada em anjo voando feliz pelos céus azuis do interior, pousando aqui ou ali numa árvore frondosa ou rindo com as cócegas das plantações das dezenas de colonos que ainda plantam seu milho nas terras que foram dos seus pais, de seus vizinhos, de suas amigas da escola?

Escolho terminar com uma lembrança minha, mas que bem poderia ser de Soeli Volcato, no seu caminho para a escola, e que deve continuar se repetindo, mesmo depois de nossas mortes, naquele mundo parado que é o das estradas de terra do interior. É primavera, a manhã está linda e os pessegueiros estão carregados de flores. Não só os pessegueiros, há flores por todos os lados, mas essas são as flores que essa menina prefere, agarradas nos galhos, sem folhas ou espinhos, em vários tons de rosa e de cor carne, que ela colhe dos ramos mais baixos na beira da estrada. Com as mãos cheias de ramos floridos, ela avança devagar, atenta à conversa dos pássaros que vão à frente, caminhando por ela, deixando um tracejado de pés com seus três pontinhos que formam ramos que se parecem com os que ela carrega nas mãos. A menina vai chegar atrasada à escola, mas não tem problema, porque o perfume das flores dos pessegueiros, as pegadas dos pássaros em sua conversa animada são as únicas coisas realmente importantes nessa manhã que se prolongará até povoar toda a sua memória, toda uma vida. Se ela se lembrar de olhar para cima, saberá que pode, enfim, voar.

Agradecimentos

Agradeço especialmente ao Felipe Charbel pela sua biblioteca e pelas numerosas conversas em torno do crime e das possíveis maneiras de narrá-lo; a Keli Magri e a Eugênia Ribas Vieira pelas leituras e sugestões; aos meus pais e a todas as pessoas que viveram um pouco dessa história.